光阴

走在眼里的风景

郑州大学出版社

郑州

图书在版编目（CIP）数据

光阴·走在眼里的风景/马国兴,吕双喜主编.—郑州：
郑州大学出版社,2019.2
（小小说美文馆）
ISBN 978-7-5645-5983-0

Ⅰ.①光…　Ⅱ.①马…②吕…　Ⅲ.①小小说-小说
集-中国-当代　Ⅳ.①I247.82

中国版本图书馆 CIP 数据核字（2019）第 006581 号

郑州大学出版社出版发行
郑州市大学路 40 号　　　　　　　邮政编码:450052
出版人:张功员　　　　　　　　　发行部电话:0371-66658405
全国新华书店经销
河南龙华印务有限公司印制
开本:710 mm×1 010 mm　1/16
印张:10
字数:146 千字
版次:2019 年 2 月第 1 版　　　　印次:2019 年 2 月第 1 次印刷

书号:ISBN 978-7-5645-5983-0　　定价:29.80 元

编委名单

总策划　任晓燕

主　编　马国兴　吕双喜

副主编　王彦艳　郜　毅

编　委　马　骁　牛桂玲　胡红影　李锦霞
　　　　　　段　明　孙文然　丁爱红　郑　静
　　　　　　付　强　连俊超　郭　恒

序

任晓燕

"小小说美文馆"丛书这项出版工程，推举小小说作家，推出小小说作品，推广小小说文体，为进一步推动全民阅读工作常态化、规范化，提升国民素质和社会文明程度，共同建设书香社会，做出了应有的贡献。

纵观我国现代文学史，每一种文体的兴盛都有其复杂的社会文化背景。其中，传媒载体是一个不容忽视的重要条件。如大型文学期刊之于中、短篇小说，报纸文化副刊之于散文、随笔。现代社会，传媒往往引导着阅读的时尚。

当代中国的小小说，也是如此。

仅仅在三十多年前，小小说对于读者来说，还是一个较为陌生的概念。在称谓上也五花八门，诸如微型小说、一分钟小说、超短篇小说、袖珍小说、千字小说、快餐小说、迷你小说等。当时，全国没有一家小小说专业报刊，小小说作品往往作为报刊的补白或点缀，难登大雅之堂。与之相对应，也没有专门从事小小说创作的作家，大都属于散兵游勇式的业余创作。而全国性的文学评奖，更是从来就没有小小说的一席之地。

在这种情况下，1982年10月，郑州小小说文化传媒有限公司的前身百花园杂志社，敢为天下先，在旗下的文学期刊《百花园》推出"小小说专号"，引起文学界的关注，受到读者的欢迎。此后，1985年1月，《小小说选刊》正式创刊；1990年1月，《百花园》改版为专发小小说的期刊。此外，百花园杂志社还多次举办小小说笔会、评奖等文学活动，先后创办小小说学会、函授学校等民间机构，不断推进小小说作家专集、作品选本等出版项目。

通过业界同仁多年不懈的努力，小小说已从点点泛绿到蔚然成林，以独立的姿态屹立于中国当代文坛，跻身"小说四大家族"，并进入鲁迅文学奖评选序列，在全国各地拥有逾千人的较为稳定的创作队伍，成为广大读者喜闻乐见的文体。

小小说是新兴的文体，又有着古老的渊源，在一定程度上，它与文学的起源密不可分：上古神话传说如《夸父逐日》《嫦娥奔月》《女娲补天》等，就具有小小说精炼、精美的叙事特征；春秋战国的诸子著述，不乏微型珍品；南朝刘义庆的《世说新语》，堪称我国最早出现的小小说集；宋代人编撰的《太平广记》，可谓自汉代至宋初野史小小说的集大成著作；清代蒲松龄的《聊斋志异》，创立古典小小说的高峰；现代鲁迅的《一件小事》等，开启白话小小说兴盛的序幕。

近几十年来，小小说之所以大行其道，是与现代生活节奏合拍分不开的。从这个角度来说，小小说是一种最具有读者意识的文体。同时，小小说受到世人的普遍关注，根本原因在于展示出了宝贵的文学艺术价值。当代中国的小小说，继承了从古代神话到诸子寓言、从史传文学到笔记小说的叙事艺术传统，并与各种艺术形式的美学精神相通相融。比如对意象之美和境界之美的追求，就代表着中国文艺美学的主要传统，它是至高的，也是永恒的，也正是小小说艺术的自我要求。

文学创作的成功与否，不能以篇幅长短而论，最终还是看思想艺术上的成就。诸多优秀小小说作品，言近旨远，微言大义，给读者留下了难以磨灭的印象，其艺术含量和思想容量丝毫不逊于中、短篇小说。所以，小小说最能够、也最便于在读者心灵上打下烙印，原因就在于它的精炼和集中，常常呈现给读者引人入胜或发人深思的典型事件，性格鲜明的典型人物。小小说还是"留白的艺术"，把最大的想象空间留给读者，去回味、创造和补充。小小说对语言的要求很高，诗歌创作中的炼字炼意，对于小小说同样适用。

当代中国的小小说已形成气候，成为一种广阔的文学景观。今日，小小说已步入创作成熟期，以特有的艺术魅力丰富着我们的精神生活，也必将在文学史上留下自己的位置。在此，作为一位"小小说人"，我期望小小说作家像苍穹中的繁星那样，闪烁出五彩缤纷的个性之光。

（任晓燕，郑州小小说文化传媒有限公司董事长，《百花园》《小小说选刊》总编辑。）

目 录

1

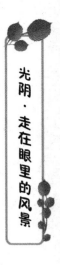

光
阴
·
走
在
眼
里
的
风
景

少年心事

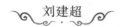
刘建超

　　我十岁那年喜欢上了同院的一个大姐姐。

　　大姐姐长得可好看了。高高的个儿，长长的腿，走路一蹦一跳的，脑后的马尾辫甩来甩去。

　　大姐姐喜欢和女孩子们跳大绳。

　　两个人抡起拇指粗的大绳，其余的人排起长队，依次从绳中穿过，谁被绳子绊住就被罚去抡大绳。

　　我喜欢看大姐姐跳绳，男孩儿们来找我玩"攻城"游戏，我不去。

　　他们说我爱和女生玩，流氓。我不理他们。

　　大姐姐跳出了汗，就从花格格上衣兜里掏出一块叠得四四方方的白手绢，轻轻地揩额头上的汗。

　　我都是把汗和鼻涕一起贡献给自己的两只袖口，袖口蹭得黑亮。

　　我想引起大姐姐的注意，故意在她身边跑来跑去。

　　大姐姐根本没觉察到我的存在。

　　想起来了，我刚刚学会了侧翻跟头。我开始在跳绳的女生旁边翻跟头，一个接一个。

　　有几个女生看到我了，大姐姐没看到。

我又转到大姐姐的对面继续翻,累得气喘吁吁。

我看到大姐姐用手指把零落的头发往耳后捋捋,继续跳绳。

我的跟头就随着大姐姐的视线走。

头晕目眩,天旋地转,"砰!"身子打了几个滚就轱辘到大绳里了。

我终于引起了大姐姐的注意,听她问身边的女孩:"这是谁家的孩子?怎么这么讨厌!"

妈妈惊奇地看着我头上的包,问怎么回事。

我委屈地哭:"你给我买个白手绢!"

部队大院俱乐部前面是个足球场,我们称它为大操场。

大操场四周长满了树,有杨树,有果树。

果树挂果时,孩子们都爱去大操场玩。

家长再三交代不能去摘公家的果子,可馋嘴的孩子管不住自己。午睡时是大人最少的时候,也是孩子们去大操场的最好时机。

我远远就看见大姐姐和一群女生在大果树下踢毽子。

我知道她们也想摘树上的果子,踢毽子只是做掩护。

果然,她们开始想办法摘果子了,用一根小棍敲打。

我至今也没记住那是棵什么果树,树干灰黑,结的果子有杏核大小,三五个一串儿,酸酸甜甜的。

女生打落了低处的几个果子后就望"果"兴叹了。

我看到大姐姐仰头望着树上的果子,嘴里还喃喃地说:"红的都在高处。"

我从没爬过树,却不知哪来的勇气,自告奋勇地爬上了果树。

诱人的果实都在"险峰",我骑在树枝上一点一点靠近果子,摘下一串一串的果子抛到树下。摘到红的、大的果子,我就抛给大姐姐。

我看到了大姐姐满足的笑,她还不时地给我指点着:"右边,右下方那串,对对;左前方,头顶上,对。"大姐姐的声音真好听。

我还兴致勃勃地摘着，女生们已经吃够了，开始嚷着牙酸。

不知道是谁说，该吹起床号了，走吧。

女生们嘻嘻哈哈地就往家属院走，大姐姐没再回头看我一眼。

我才知道自己陷入了多么糟糕的境地——我没法从树上下来了。

人走光了，我裤子都蹭破了，还是下不来。我就大喊大叫，结果纠察叔叔找梯子把我拽了下来。

叔叔把我交给我妈，我屁股上狠狠地挨了一脚，嘿嘿，不疼。

大操场的一端有沙坑，孩子们在沙坑堆沙堆，挖地道。

大姐姐来了，拿一根竹竿，把小孩子往沙坑外轰。

原来是学校开运动会，大姐姐要参加跳高比赛。

大姐姐看着一群小孩，说："谁来举竹竿？"

我高高地举起了手。

我和二胖被选中举竿。

大姐姐调整了一下高度，说："就这样端着，别动。"

大姐姐跳了一次，没过。又跳了一次，还没过。她皱起了眉头。

第三次，大姐姐跳过去了。我讨好地拍手。

二胖告状说我故意把竹竿放低了。

大姐姐很生气地拨拉着我的头，说："捣什么乱，一边去，换个人来。"

我砸了二胖家的玻璃。

远远地就看见大姐姐和几个女生有说有笑。刚刚下过雨的大操场留下一洼一洼的浅水。天很蓝，云很白。水中有蓝天和白云的影子。

大姐姐小心翼翼地踮着脚绕过水洼。

我觉得自己表现的机会来了。

我刚刚参加了学校的运动会，获得小学组跳远第一名。

我瞅准了个好机会，大姐姐正好走到一片水洼前。

我"噌噌"地奔跑过去，瞬间跃起，从水洼上一跃而过。

我听到了女生"哇"的惊叹声,却忽略了脚下的路还很滑,落地后,整个后背贴着地皮就滑出去了。

在女生们嘻嘻哈哈的笑声中,我听到大姐姐说:"跃起的刹那还挺潇洒。"

我脸臊得通红,爬起来就跑,不让大姐姐看出我是谁。

大姐姐参军了,绿军装,大红花,真好看。

我们学校扭秧歌欢送。我扭得最欢。

在大姐姐的那辆车前,我扭着秧歌不走。后面的同学催我,我还不走。他就推我。我摔倒了。

大姐姐笑了,还对我挥挥手。

我心里那个美啊,真感谢把我推倒的那个同学。

回到家,洗完脸照镜子,忽然想起,我戴着大头娃娃面罩扭秧歌,大姐姐根本就看不到我。

我知道再也见不到大姐姐了,才发现自己的腿也蹭破了皮。我转身找推倒我的那个同学算账去了!

二十年后,我和大姐姐不期而遇。

说起部队的大院,她点头,记得记得。

说起俱乐部,大操场,她点头,记得记得。

说起大果树,宣传队,她点头,记得记得。

说起我当初的种种表现,她摇摇头,是吗?我怎么不记得?

我的泪啊,就这么落了下来。

凤凰车

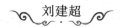
刘建超

我幼时就不喜欢车之类的玩具。

父亲给我买的玩具车，寿命都不会超过一天，不是被我摔坏就是被我拆得七零八落。

我两岁时拍的一张骑在三轮车上的照片就是哭丧着脸的，母亲说为把我按到车上还拍了我两巴掌。

上了学，我对自行车却产生了浓厚的兴趣。

我父亲在机场值班，每到星期六才回家。部队家属院距机场有十几里地，所以父亲总是骑着值班室的自行车回家。

那是一辆掉了漆的飞鸽牌自行车，那个年代有自行车的家庭还很少，就是这样的旧自行车也是很扎眼的。

我缠着父亲要学骑自行车，父亲不同意，说我还太小，再说那是公家的车，万一摔坏了，影响不好。

不过，父亲倒是把擦自行车的"革命工作"交给了我。

家属院里有个叫武的孩子，比我高两年级。他的手很巧，会用钢锯条打成的小刀雕刻木手枪。

武雕刻的木手枪跟真枪一模一样，部队宣传队的叔叔都相中了他雕刻

的木手枪,排样板戏《沙家浜》时,演郭建光和一排长的叔叔用的就是武雕刻的木手枪。

武可以不用票到礼堂看演出,我们很是羡慕。

为了能得到武雕刻的盒子枪,我不断地找机会接近武,想方设法讨好他,甚至不惜把辛苦积攒的五张"大中华"烟盒纸送给他。

武收了我的烟盒纸,答应给我雕刻一支小一点儿的盒子枪。

我连连点头:"行啊行啊。"

武又说:"不过你得把你爸的自行车推出来让我骑骑。"

我说:"那是公家的,我爸连我都不让骑。"

武牛气得一撇嘴:"说那就算了。"

我立即就妥协了,说:"那行,就十分钟,不能摔坏了。"

武说:"行,我会骑,向毛主席保证摔不倒。"

武果然会骑自行车,还会载人。他载着我围着家属院转了好几圈,还让我玩了盒子枪。

以后,每回我父亲回来,我都偷偷地把自行车推出去,让武过过瘾,慢慢地我也学会了骑自行车。

每次问他给我雕刻的盒子枪呢,他不是说已经刻好枪管了,就是刻到枪把儿了,再不就是木料不好,刻断了。

终于有一次,父亲接到通知要赶到值班室,却找不到自行车。

当我满头大汗地推车进门,迎接我的是一记耳光。

之后父亲再回家,自行车总是上着锁。

我找到武说了原因,武不在乎,说反正已经有人给他自行车骑了。

原来我们班上军的父亲骑回了一辆"凤凰"牌自行车,答应给武骑,武说要给军雕刻一支盒子枪。

我这才明白,武是怕我有了枪就不给他车骑了,所以就一直用枪吊我的胃口。

那天放学,我把武堵在草坡上,狠狠地揍了他一顿。

上初中时,学校组织学生到龙门山拉练。学校要挑选十名同学组成先遣队,在队伍前面开路,帮助疲惫的女同学驮背包。到先遣队的条件是必须有一辆自行车。

我家里没有自行车,但我还是报了名。回到家,我把参加拉练先遣队的事告诉了母亲。母亲很支持,还答应帮我借自行车。

那天,母亲真的借回了一辆新的"凤凰"牌自行车。原来,母亲帮助一位邻居腌了一上午酸菜,只为给我借一天的自行车。

我兴高采烈地骑着自行车飞奔到学校,偏偏天公不作美,淅淅沥沥地下起了雨,拉练计划被迫推迟。

我失望又沮丧,无精打采地回到家。母亲安慰我说:"别着急,到时候咱再借嘛。"

过了几天,拉练开始,我到处借不到自行车。家有"凤凰"牌自行车的邻居说有个亲戚结婚,把自行车借走了。

眼看队伍就要集合,我急得都要哭了。母亲气喘吁吁地推着一辆除了铃不响剩下哪儿都响的自行车赶来了。

母亲说是跟单位看门的老牛头儿借的,老牛头儿家住在农村,每天要骑车回家。母亲给了老牛头儿五角钱,让他乘公共汽车。

我骑着那辆破自行车参加了先遣队。返回的路上,不断地有走不动的女同学把背包交给先遣队的同学,尤其是骑"凤凰"牌自行车的同学,背包都挂满了,骑着车摇头晃脑,神气得跟李向阳似的。

我的车上却空空荡荡,心里失落得发酸。班里的洋洋看出了我的窘境,她说:"班长,我背不动了,帮我带一下背包。"

我带着洋洋的一只背包回到学校,完成了我的先遣队任务。那时我就发誓,长大后我一定要买一辆"凤凰"自行车。

参加工作后,我攒了半年的工资,买回了一辆崭新的"凤凰"自行车。我载着女朋友洋洋绕着县城转了一圈又一圈。

回力鞋

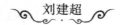

刘建超

十二岁那年我考上了县体校，学打篮球。

我把消息告诉了母亲，母亲并不像我想象的那样高兴，只是说以后要多吃饭多费鞋了。

父亲刚转业回到地方，须打理的事很多，我和两个弟弟正是吃饭穿衣蹿个子的年纪。弟弟都是捡我的旧衣服穿，衣下摆和裤腿接了几截，虽然是一个颜色，却深浅不一。

父母工资不高，每月算计着用到月末也显得手紧，还要照料在山区的奶奶叔叔，日子过得紧巴拮据。

父亲倒是挺高兴，说蹦蹦跳跳对身体有好处，将来当兵或是找工作也有个基础。还从箱子里翻出两双新的军用胶底鞋，说本来是留给你两个弟弟穿的，你上体校刚好派上用场。

体校的训练是很艰苦的。天还没放亮，我们就开始了体能训练。

从体育场跑到伊河桥，再打个来回，要跑上五六公里，一身的大汗浸了前胸后背。随后是一个小时的分组基础技能训练，再用自身的体温将湿透的衣服暖干，晨练也就结束了。

匆匆忙忙赶回家扒两口饭，背起书包就往学校跑。下午放学后又是两节训练课,吃过晚饭还要进行训练比赛。

虽然很苦很累,但我那时年少精力充沛,也没感觉吃不消。只是鞋子费得厉害,几个月下来,一双军用胶鞋已经缝补了好几次。另一双新球鞋一直没舍得穿,是要留到打比赛时穿的。

体校里有个叫孬蛋的同学,个头不高,身体条件也差。他是没有参加考试走后门进来的,因为他爸爸在县体委工作。

同学们看不起他,又羡慕他,只有他穿着一双鞋帮子上印有商标的白色回力球鞋。

训练时,大家像约好了似的总踩他的脚。一堂训练课下来,孬蛋的白球鞋就变成黄的了。

课间休息时,大家都脱了鞋晾汗脚,便挨个儿穿上孬蛋的回力鞋体验体验。

我也套上回力鞋跑了跑,蹦了蹦,才知道原来还有穿起来这么舒服的鞋。我相信我要是有这样一双鞋,我会跑得更快,跳得更高。

我渴望有一双回力鞋。

我母亲在百货大楼上班,卖锅碗瓢盆。我没事的时候就去百货大楼,在卖鞋的柜台旁转来转去。一双回力鞋要六元多呢,那时我一年交的学费才六角钱。

卖鞋的王阿姨看出了我的心事,对我母亲说:"你儿子看中回力鞋了,给儿子拿一双,打球排场。"

母亲笑笑说:"穿啥鞋都能打球。"

我知道买一双鞋的钱是好大一笔开销,母亲舍不得,我也张不开口。

弟弟连我穿的军用胶底鞋都还没有呢。

我盼着自己快点长大,能到县篮球联队,享受公家发的回力鞋。

县篮球联队发的鞋也不是给个人的,只是在集训比赛时穿,球队解散后,球鞋还是要缴到体委。孬蛋的爸爸就是负责保管这些运动衣和运动鞋

的,平时县篮球队不集训,他就拿给孬蛋穿。

上体校的第二年,一天放学,女生队的丽丽告诉大家,她妈妈说汽车站要盖车库,运砖的活儿可以让体校的同学干,运一丁砖给两角钱。她问大家愿不愿意干。

砖场距县城十多里地,而且一路慢上坡。平时我们总看见劳改犯拉着架子车运砖,这活儿苦着呢。

我见同学们有些犹豫,便鼓动大家说:我们干,到时候每人可以买双像孬蛋一样的回力鞋啊。

大家的劲头一下鼓起来了,一男一女两人拉一辆架子车,大清早就出发。一丁砖两百块儿,一车拉一丁半砖,有千把斤重。第一趟大家还有说有唱,第二趟有的同学就受不住了。我一天拉了十趟。拉了两天,砖就运完了。算算账,我拉得最多,拿到了四元钱。

我把钱交给母亲,让她替我存着,等攒够了钱我就买回力鞋。

那天,我看到了母亲眼里的泪在闪。

没过多久,母亲下班回来真给我带了一双回力鞋。我捧着鞋,就像捧着得了一百分的考卷。母亲说,仓库进了老鼠,咬坏了一些商品,鞋就减价了。

我这才发现,一只鞋帮上有几个小窟窿。母亲用白线把鞋上的小洞精心地缝补好,还买了两袋刷鞋用的白鞋粉。

第二天,我穿着回力鞋参加了县少年篮球赛,我们球队得了冠军。以后,只有比赛时我才穿回力鞋。

我后来才知道,那双回力鞋是王阿姨整理仓库时,故意将鞋做了手脚,减价后卖给了我母亲。

直到现在,我还珍藏着这双回力鞋。

小邮差

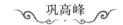

巩高峰

说实话,六岁那年我就开始当邮递员了。

那会儿我们那儿其实还没有邮递员这么正式的词,大人们说起邮递员只称是送信的,我们上学读了点儿书,文绉绉的称呼也不过是邮差。

我六岁那年,我大姐十六岁,正读初三,还差三个月就要中考了。有天她突然黯然地抱着一堆书回家,退学了。这是我爸做的决定,他让我大姐跟着姑姑去石家庄,说是进工厂先当临时工,熬个一两年,就能转成正式的。以后如果嫁在那里,就变成城里人了。

看得出来大姐不想去,因为在我爸一脸欣喜地跟姑姑商量这事儿的时候,大姐一直嘟着嘴。大姐一不高兴就嘟着嘴,哪回考试她拿不了第一或者哪个学期少领回一张奖状,她都得嘟好几天嘴。

对于大姐去石家庄这事儿,我当然站在大姐这边。在我看来,她再坚持三个月,念完初三考上师范,以后毕业回来当老师,照样也是公家人。而且,我们村叫巩沟庄,那个遥远而陌生的地方叫石家庄,都是庄字辈的,还能有多大的区别?估计,不过就是送信的和邮递员这样叫法的不同吧。

但是我决定不了,也只能看着大姐每天不情愿地跟着姑姑学踩缝纫机,为进工厂做准备。除了踩缝纫机,大姐还得学说普通话,学着打扮自己。

　　大姐答应我，即使去了石家庄，她也不会把她那两条辫子剪了。从此我开始了我的邮差生涯，自愿给大姐收信寄信。

　　一个初三的男生总是悄悄从后门跑到我们班，塞封信给我就走。信封是他自己做的，上面只有我大姐的名字，后面又加了两个字：亲启。男生的字很漂亮。对于信的内容我当然有太多的好奇和向往，因为大姐每次看信，不是偷偷笑，就是空踩着缝纫机发呆。

　　大姐跟着姑姑走的那天，扎着一个时髦的小辫儿，穿着一身自己新做的衣服，哭得不成样子。姑姑和我爸我妈都以为她是舍不得离开家，只有我知道是因为我最新带回来的一封信。大姐从这封信开始，授权我以后可以拆信：如果没什么事儿，就把信攒着，如果有情况，要尽快把信转寄给她。

　　那个初三的男生最新的那封信里说：他没考上师范，要出去流浪了。

　　我接下了邮差这个任务，从此也多了一项负担——挣邮票钱。夏天我半夜起来逮嫩知了，卖给街上的饭馆，两个一毛钱。秋天割青草，晒干了两毛钱一斤卖给四蛋他爸的养兔厂。冬天带着赛狮去捉野兔，一只能卖三块八毛钱。春天没的卖，青黄不接。

　　那男生的信来得挺勤，一忽儿发自广州，一忽儿发自深圳，一年里有四五个陌生地址，而且地名全是地图上有大黑点的地方。连我们班的语文老师都羡慕我："你哪来的那么多信啊？"

　　我就很自豪，连挣邮票的辛苦都不觉得了。

　　在我正意气风发地为挣邮票努力的时候，大姐突然回来了。大姐本来就是出了名的漂亮，这从石家庄一回来，漂亮前要再加上时髦两个字了。

　　只是大姐自己不觉得，而且也丝毫没有衣锦还乡的意思。她在姑姑拍着胸脯保证一定没问题的工厂辛苦工作了一年多，却根本没有转成正式工的希望。姑姑食言了，所以连陪大姐回来一趟都没好意思。

　　大姐把时髦的衣服、鞋子都给了二姐，自己拾起了以前的旧衣裳。当然，大姐穿旧衣裳也一样漂亮。回来没几天，大姐就在家门口挂了个成衣铺的牌子。她可以做城市里最流行的衣服样式,所以不缺生意,每天都有很多人拿着布料来,还有蜜蜂蝴蝶一样的媒人。不过我爸妈有点儿挑花眼的意思,在学校的教师、镇上的公务员、县城的工人里挑来拣去,可无论挑哪个,大姐一律不同意。我爸妈开始还骂,说大姐眼睛长到头顶了,城里人都当不成了还挑三拣四,还想找什么样的?不过无论训斥还是责骂,大姐都油盐不进,一概不理会,只埋头踩着缝纫机做衣服。

我爸妈只好打柔情牌。他们每天在大姐面前抹泪、叹气,唠叨着家里有一个老姑娘让他们如何没面子,有多抬不起头来。

大姐还是喜欢发呆,有时踩着缝纫机,就盯着床底下的箱子发愣,那里装满了我一封一封塞进去的信。可是这半年,那个字体越发漂亮的男生再也没来过信。他怎么了?是在外面流浪久了,渐渐忘了她?还是因为我升级念了二年级,他已经不知道具体地址?

反正大姐即使再怎么心事重重,信也没盼来一封。

我跟大姐说,信肯定是寄丢了。爸让我以后靠自己努力成为公家人,那我就考邮电学校,替你把那些寄丢的信找回来。

大姐轻轻笑了一下,埋头把缝纫机踩得又快又响。

大姐到底还是顶不住我妈的眼泪和叹息,相亲、定亲、出嫁了。我爸拍的板儿,选了一个在镇上开理发店的小伙子,小伙子个头很高,人也精神。我爸的理由是我大姐没有条件再挑了,开店的也算是手艺人,以后开一个门面可以做两样生意。

大姐出嫁那天,我爸特别高兴,喝高了。我妈倒是哭了,因为大姐一直哭,眼睛肿得像个桃子。

往车上装嫁妆的时候,我悄悄把那一小箱信塞到大姐的衣柜里了。

我这个不称职的邮差,也只能做这个了。

小醉酒

巩高峰

我承认，第一次走亲戚是被高明给忽悠去的。

每次放假高明都来他舅舅家走亲戚，就在我家隔壁。每次往返，他都坐着他爸赶的毛驴车，车上垫着厚厚的草，草上铺一床被子，身上还盖一床。高明是个男孩，却满头都是红头绳扎的小辫子，他的鬼主意比辫子还多，总爱找我玩儿，我总逗他，叫他"假大姑娘"，他也不生气。

那次高明没玩儿够，他爸就要接他回家，他便撺掇我去他家玩儿，"走亲戚多好，每顿都有好吃的，再怎么疯也没人管"。

可高明走亲戚是到他亲舅舅家，我们两家顶多算是远房亲戚。不过高明显然准备好了，他像个小大人一样站在我妈面前，大大方方地说要请我到他家走亲戚，他家养了好多肉兔子，顺便带两只回来——肉兔子繁殖快，只要每天喂点儿青草和白菜帮子，一年下来一变二、二变四，可挣钱了！

高明真是太聪明了，刚开始我妈还一脸不信，可听到"挣钱"俩字一蹦出来，我妈眉开眼笑，对我说："那就跟你这个小表哥去吧，不过别太麻烦人家，玩两天就赶紧回来。"我妈边说边找了个蛇皮口袋，手脚麻利地剪了俩洞，留着给兔子喘气用。

计谋得逞，高明看起来比我还高兴。其实高明不知道，我也是揣着小九九的，我盯着的可不是高明家的两只兔子，而是他爸那辆毛驴车。自行车、拖拉机我都坐过，唯独没坐过毛驴车。高明爸要来接他，肯定赶着驴车……

可是高明他爸突然说要去卖兔子，没空来接他，让高明舅舅骑车送我们俩去。我眼前一黑，有点儿计划落空的失重感。

高明坐在自行车的后座上，一路唱着歌。我个头比较瘦小，坐在前杠上。很快，我两条腿都麻透了，到高明家下车时我一屁股坐在地上，歇了半天才恢复知觉，找到腿。

一上饭桌，我就感觉到走亲戚的场面果然不一般，满桌子都是菜。桌边坐着的除了高明舅舅，还有两个陌生大叔。高明爸笑呵呵地说："家里难得来个小亲戚，找了俩人来陪酒。"

高明拿着一个兔头猛啃，用油乎乎的手盖着我的耳朵说："走亲戚有好多规矩的，第一次得喝酒。"我往桌子上一看，果然摆了一圈白色的酒盅，比拇指大一点儿。

高明抢着倒酒，先是给他舅舅，然后是给两个大叔，给我倒满之后才给他爸倒上，告诉我："这叫先客后主。"我若有所悟，点点头，手足无措，不知该说什么做什么才像个亲戚。

他们端起酒盅，叫嚷着："开门开门，干了！""吱溜"一声吸干了酒，然后把酒盅口朝向桌子中央，一滴不剩。我有点儿惶恐，先用嘴唇抿了一点儿白酒，伸舌头尝了尝，舌尖瞬间像着火一样，又辣又烫，我赶紧把酒盅放下了。

俩陪酒的大叔不干了，酒盅口转向我，说："小亲戚，得学学规矩，开门酒必须干了！"

我向高明求助，他脸上带着一抹奇怪的笑，不说话。没办法，我一仰脖子，只觉得一股热浪顺着喉咙就下去了。他们齐声叫好，然后开始吃菜。

接下来，一连三盅都要喝光。见我为难，高明舅舅打圆场说："这也是规矩，叫酒过三巡，菜过五味，你是小孩子，可以搞特殊，后面再喝你就沾一沾，表示一下就可以了。"

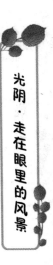

光阴·走在眼里的风景

　　高明朝我挤眉弄眼，一脸嘲笑。为了毛驴车，也为了两只兔子，我豁出去了！于是像个舍身的小英雄，我与长辈推杯换盏，博得一阵阵叫好。

　　酒过三巡了，但菜是哪五味我完全不记得。因为很快我就浑身发软，头晕，坐不稳，接着"哧溜"就滑到桌子底下去了。

　　我听到有好多声音在叫我，我想告诉他们我没事儿，可舌头发硬，一个字儿也说不出来。我还听到高明爸在训高明，因为高明骗他说我能喝半斤。高明竟然在笑："我就想逗他一下，哪想到几盅酒他就醉了啊。"

　　我明白了，这酒，不过是高明的捉弄。一瞬间，我糨糊一般的脑子里忽然有了愤怒，我拼命让自己说话，可说出来的都是模糊的嘟囔："我想回家，我要回家！"说着说着，还哭了，真是丢人丢大发了。

　　高明爸说："那让高明他舅带你回去吧，你还坐得住自行车吗?"

我知道这是最后的机会了，大声说："坐、坐不住！坐、毛驴车……"

"毛驴车多慢啊。"高明爸有点儿犯难，但还是起身去准备了。我那个暗爽啊，似乎晕眩也能坚持，恶心也能忍受啦。如愿以偿地坐上了毛驴车，我知道晚上看不到沿途的风景，可我就想体会坐毛驴车的滋味。

为了驾车速度能快一点儿，高明爸坚持让我躺下来。我不情愿地躺下，突然愣住了，因为满天的星星离我如此之近，简直扑面而来，像雨水给我洗脸。

高明爸喊了声"驾"，毛驴车动了，驴蹄踏地的"嗒嗒"声悠扬地响了起来。不过我很快就破坏了这份欣喜的浪漫，因为驴车一颠簸，我就开始呕吐，一路把肠胃几乎翻了过来，到家的时候已经半夜了。

我妈客客气气地把高明爸送走，转身就变脸——估计是因为我忘记带回两只兔子了。我妈边训斥边用巴掌招呼我的屁股。

醉酒还是有好处的，打不疼也骂不羞。看着我红着脸东倒西歪还嘿嘿乐，我妈揍着揍着又扑哧笑了。

没什么，笑就笑吧，我也不是第一次成为笑柄。只是我没想到，笑话流传起来如此之快。第二天起床我已经什么都忘了，却莫名其妙地感受到了走红的滋味——到哪儿都会被围观，还接受了采访："听说你天生酒量大，才七岁，半斤八两都不在话下？"

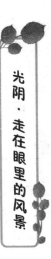

小宠物

巩高峰

　　说真的,嫦娥是我的宠物,但我从来没把赛狮和赛虎当作宠物。

　　我＝赛狮,弟弟＝赛虎。从这两条小狗还是两个会叫唤的绒球球开始,我和弟弟就各自认领了。名字各自起,饭各自喂,本领各自训练。很快,两条小狗如愿长成我们希望的样子:耳朵尖得像刀片,眼神清澈灵动,站起来前腿就能搭在我肩膀上,带着在村里走一圈,能引来一堆"羡慕忌妒恨"。遛它们的时候,它们喜欢去麦地里疯跑。于是我和弟弟带上风筝,放起来之后,把线拴在它们腰上,我们躺在麦地里,觉得世界都是我们的。

　　嫦娥是邻居小四家那只又老又丑的长毛兔生的,那只老母兔在小四的床底下掏了一个曲里拐弯又无比幽深的洞,然后每个月都从洞里领出一窝小兔子,白得像雪球。有一天,其中的一只蹦蹦跳跳跑我家来了,还不肯走。把它送回去,转身它就偷偷溜回来。小四说:"反正逮回来它还是往你家跑,干脆你养着吧。"

　　于是我给它起名叫嫦娥,因为它实在太好看了,眼睛红得像朝霞,浑身的毛一丝不乱,十分飘逸,像奔月路上的嫦娥——我实在想象不出,它怎么会是那只又丑又肥还浑身毛都黏结成球的老母兔生的呢?喂它吃草我挑嫩的,给它喝水我用太阳晒过的。我还亲手给它做了一个笼子,因为我怕它会跑我床下掏个洞。我跟它说话，告诉它哪棵花打了花骨朵，哪棵丝瓜上了架，哪道作业题不会做……

我对嫦娥好，其实是因为我想发财。村里零花钱最多的四蛋，他爸以前是兽医，后来在村头办了个养兔厂。四蛋爸是个急性子，他等不及一茬一茬地剪兔毛，所以他养的不是长毛兔，而是肉兔。肉兔像是风吹大的，没多久就拉走一车，然后就能看到四蛋爸在厂门口数钱，数到后来嘴里吐不出唾沫，要四蛋帮忙往他手指上吐。

按照小四家那只老兔子的基因，嫦娥生小兔子应该也很厉害，一个月一窝，生下来的小兔子我不卖，养大它们；然后每个兔子再生，子子孙孙无穷尽矣。同时，我又勤快爱干净，还能保证兔子可以剪毛卖。兔毛可是和韭菜一样，割了长、长了割，无穷无尽。

不过弟弟可不这么想，无论我怎么给他列算式，描述美好的"钱"景，他都提不起兴趣。他最大的热情，是带着赛虎去伙伴中间耀武扬威。

好在赛狮是我的帮手，它最大的职责就是不让嫦娥往外跑。当然，赛狮在我的示意下会允许小四家的公兔子进来，因为小四悄悄跟我说了，嫦娥大了，想让它生小兔子，关在笼子里养再大也不行。具体为什么，我不明白，就连小四也搞不懂。

当有一天嫦娥食欲忽然变小，开始频繁地往笼子里衔干草时，小四诡秘地笑着告诉我："嫦娥可能怀孕了。怀孕的母兔脾气可不好，会咬人，可别惹它。另外，兔子胆小，见血死，注意啊！"

"啊，那过年时我妈不能在院子里杀鸡宰鱼了？"我问。

小四大笑，说："见血死不是说兔子看到血会死，是别让它受伤，如果出血了，一准儿会死。"

不知是小四的乌鸦嘴带来的坏兆头，还是嫦娥命中有噩运，赛虎嘴下闯祸。

我吓唬过赛虎，要它离嫦娥远一点儿，可是赛虎只听我弟弟的号令。它

饿极了,去抢我给嫦娥加餐的一碗剩饭,这下招惹了嫦娥,嫦娥扬起前爪打在赛虎鼻子上。赛虎哪里会把嫦娥放在眼里,一个前扑就把嫦娥摁在爪下,咬在嘴里。等我醒过神来,嫦娥已经趴在那里直抽搐了。

嫦娥的脖子被赛虎咬了个洞,出血了。我抱着它飞奔着去找四蛋爸,他不在厂里,四蛋说去他四叔家骟猪了。我再一口气跑到四蛋四叔家,他们的酒喝得正酣,桌上的主菜是四蛋最喜欢炫耀的菜——辣椒炒猪蛋。

我的焦急对四蛋爸不起一点儿作用,他慢悠悠地喝完了瓶里的酒,有滋有味地吃完了盘里的菜,才喷着酒气翻看了我怀里的嫦娥,说:"没气了,回去炖了吧。"

其实不用他说,我也能感觉到嫦娥死了,开始它还在我怀里动弹,后来它慢慢奓拉着耳朵,伸直了后腿,身子像是变长了。

回家的路上,我一直在想该给嫦娥安排一个怎样的葬礼,是埋在屋后的银杏树下,还是门口路边的泡桐树下?但结果是,家里人的意见和四蛋爸一致,要把嫦娥炖了。小四甚至主动请缨由他来剥皮,因为他有经验。

兔皮被钉在墙上,兔肉在锅里炖着。我妈有条不紊地往锅里加调料,放青豆和红辣椒。小四嬉皮笑脸地边和我弟弟说话,边逗着赛虎,等待着兔肉出锅。

所有人都笑意盈盈,除了我。兔肉热气腾腾地装了满满一菜盆,我妈先盛了一大碗,让弟弟端给我。弟弟端着碗怯怯地看着我,不说话,我也不理他。于是他们热火朝天地吃了起来,边吃边讨论兔肉和鸡肉、猪肉的区别。吃得兴起,弟弟吹了声口哨,一挥手把一块兔肉扔给了赛虎。兔肉在空中划了道弧线,"啪"的一声落在地上。赛虎打量了一下,回头看了看赛狮,赛狮晃了晃脑袋,看我。赛虎终于忍不住了,两爪摁住兔肉大嚼。

我瞥了一眼兔肉,粉红色,油汪汪的,我咽了一口口水。可是想想我那通过嫦娥发家致富的梦想,此刻就毁灭在饭桌上的汤盆里了,忽然觉得我的口水和他们的大快朵颐,都是一种罪过。

趴在地上的赛狮本来一直轻声呻呀着,盯着赛虎边看边流口水,忽然抬头见我眼泪汪汪的,于是不动了,只盯着我,对兔肉连看都不再看一眼。

我"哇"的一声哭了出来。

家 属

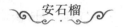

安石榴

二十世纪五六十年代的林场几乎没有老人，都是青壮年。林业工人的生活环境和工作环境差，没人疼。夏天那蚊虫多的，人都成了蚊子的吃食儿。冬天嘎巴嘎巴冷，人在零下三四十摄氏度作业，那个苦哇，自己没法说全乎。但林业工人一年四季的衣服不用自己买，白给，包括防蚊帽和裹腿啥的，工资也高。工人们赚了钱，请假回山东老家娶媳妇，然后连哄带骗地带回东北。

"俺的娘哟！"女人们刚刚到林场，心里嘴上常嘀咕这话。

姑娘乍变媳妇，面子薄，除了偷偷哭，急了就叫一声："俺的娘哟！"她们也不爱聚在一起，你躲着我，我躲着你，怕别人笑话自己是被骗来的，丢人呀！吃得饱穿得暖，这些她们喜欢，可还是想家、想妈，还生气，被骗了嘛。渐渐地，她们拿着一把菜或者别的什么，送给邻居姐妹，你来我往的，也还是不太往深了说。女人嘛，躲不了孩子。直到一个个孩子出生，女人们就变了，变得啥都敢说了，变得自己都不认识自己了呢。她们终于聚在一起了。

男人们上山清林，中午不回家。女人们把早上吃的剩饭焐在锅里，又把厨房抹布卷厚实些，沿着锅边和锅盖塞好，这样中午就不用烧火了，锅里的饭是温的。女人们喂了猪和鸡鸭鹅狗，打发大孩子上学，抱着小孩子聚到一家闲聊,忽然大彻大悟,一炕家属,全是被骗来的。

一个长相有点像男人的女人说:"俺可傻了,你们再也没有俺这么傻的。结婚时,他给俺一对金耳坠子,当天晚上,他说,'耳坠子是借我二嫂的,如果你要呢,就给你,反正是旧的;你不要,带你去东北给你打一对新的'。俺一听,赶紧摘下来,说,'俺要新的,俺要新的!'俺的娘哟!"

她指指自己没戴耳坠的耳朵,大家哈哈笑了,你看看我的耳朵,我看看你的耳朵,都没有耳坠,就纷纷说:"这不算事儿,现在不兴这个了。"

一个嘴角长了一枚痦子的女人突然插了一句话:"结婚就结婚呗,俺不知道结婚还得那样!"

"哪样?"女人们忽然蒙住了。

"那样呗。"她推了旁边女人一下,大家一下明白过来,全笑翻在炕上了。

"秀曼你说说嘛,你不爱说话不好,都堆在心里会把自己憋坏了,你得倒一倒呢。"女人们热切地看着秀曼。

秀曼想了想,吸了口气说:"好吧,俺真的早就想跟姐妹们说说了。"决心下定了,非说不可了,她的脸色却白了,但她还是开口了。

"俺的娘哟!"秀曼说,"俺都不知道从哪儿说起,怎么说。俺那时候嫁给他,他告诉俺他比俺大四岁,俺十八,他二十二。俺跟娘说,他怎么看着那么老?俺娘说长得老相些呗,也不算啥,这样的人经老。可是,到东北了,俺才知道他哪大俺四岁呀?十四岁!"

"俺的娘呀!"女人们惊叫起来。

秀曼接着说:"他还有两个儿子,一个八岁、一个九岁。"

女人们倒是知道这个,秀曼一来就当后妈,当时她们还以为秀曼是个寡妇呢,哪想到她是一个黄花大闺女哟!

秀曼说:"俺就不乐意了,他哄俺,说对俺好,俺说不要他对俺好,俺要回家。俺哭了好几天,天天吵着要回家。他说,'你要回就回吧,你自己回,反正我不送你'。俺一听就说,'好,俺自己回'。他说,'那我可告诉你,别赖我没

说'。你出了这个林场，外面尽是坏人，抓住女人就糟蹋。俺看着他的脸，看不出破绽来，俺说，'你骗俺'。他说，'那你就试试吧'。吓得俺傻了，不敢走了。"

秀曼停了下来，用幽怨气愤的眼神看着大家，大家也看着她，一脸的吃惊。可不知道谁，突然笑了起来，结果大家都跟着笑起来了，笑得东倒西歪。

秀曼说："你们还笑呀？"话一出口，她的心忽然一动，感觉轻松了些，倒不那么生气了。大家收敛了笑声，又都巴巴地看着她，等她讲呢。

秀曼说："有一次俺带着老大老二去山脚下的地里摘豆角，下雨了，好大的雨，也没个房子没个棚子躲雨，俺就把自己的外衣脱下来给两个孩子遮头上了。晚上他把老大领到仓房去，偷偷问，是俺主动给他们的衣衫，还是他们要俺的衣衫。你们说说，俺能让孩子淋雨吗？俺没那么狠呀。"

女人们叹息着，夸赞秀曼心眼儿好，会有好报。秀曼忽然觉得她们的话听着好舒服，挺高兴的，嘴角就起了一个笑，心上也暖暖的。不知道怎么的，脑子里闪过他的样子——眼神怯怯的，总怕她生气。她想起，摘豆角那天晚上，他拿出三百块钱，说："从此这个家你说了算，我赚的钱全给你，一分也不留，你想怎么花就怎么花……"姐妹们还在说笑，秀曼听不进去了，她沉浸在自己的心事里，琢磨着，琢磨着自己，琢磨着他，好像不太明白，又好像知道一些，最起码看到了他的真心。她的眼睛起了一层雾，低下头，想：晚上得好好给他们爷儿们做顿饭了……

帅医生

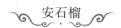
安石榴

我小时候有个小朋友叫荣娣。

我们那时候刚刚褪尽乳牙,换了一口恒牙。也许是因为刚长的吧,很不像样子,大大小小的不整齐,这还不算,荣娣门牙上面的牙龈里还长出一颗小牙,一颗很奇怪的小牙。这颗小牙像个大米粒,半埋在粉色的牙龈里,看着不恶心,还挺好玩儿的。其实我也想长一颗一模一样的牙。

荣娣没事儿总去舔它,我们在一起玩儿时,我会扒开她的嘴,看看它还在不,长没长。

那时候,我们总是经历各种"长",比如辫子长长了,自己又梳不上;脚长大了,妈妈不给买新鞋,只好把鞋拱破;个头长高了,裤子短了一截,妈妈好像不高兴,叹口气,还推我们一下。这些烦恼总是弄得我们哭哭啼啼的,好像每天都要哭几场。

荣娣还有个小精灵似的妹妹,比我们小一岁,有时候我们就把她当玩具,各种规劝和恐吓,让她听我们的话,让她接受我们给她的装扮和角色。

荣娣的父母都有工作,她父亲是个司机,林业局开始冬运的时候,就总不在家,好像她没有爸爸似的。

她妈妈是医院的医生,也很忙,陪不了她们,所以规定小姐俩不上学的

时候不许出门。

我们就在她家玩儿,玩儿得那叫一个疯。

我们做过泡泡糖。说实话,我们那时候根本没见过泡泡糖,我姐姐她们做,我在边儿上看得真真切切的,可是有奶奶、姥姥、妈妈和姐姐们三重监管和压制,我没有机会亲自上手。

我就传授给荣娣,我们在荣娣家实验。把白面泡上水,然后攥洗,不停地换水攥洗。终于做成了,我们三个每人嘴里吹出一个大白泡泡,特别有成就感。

还自做葡萄气球。这是一种什么东西呢? 避孕套。

荣娣在自家的抽屉里发现了避孕套,我们先将钢笔水兑成葡萄汁,然后灌到套套里,这时候被撑大的套套真有点像气球。

可是怎么做出一个个的葡萄粒呢? 你们自己想吧,不说了,太搞笑了,而且还总是失败,弄得到处都是钢笔水。

每次我们惹祸之后,都会认真打扫战场,我们自认为天衣无缝了。可是很奇怪,荣娣的妈妈回来后,十有八九就会发现真相,然后把荣娣揍一顿——现在我知道了小孩永远干不过大人。

当她咧着大嘴痛哭的时候,她的牙就全露在外面了,连她的那颗半埋在牙龈中的小白牙也露出来了。

她妈妈就把她拽到怀里,厉声叫道:"憋回去! 你给我憋回去!"

荣娣憋住了哭声,她妈妈就查看她的口腔,自言自语地说等有时间让对门刘家大哥给看看。

荣娣问妈妈怎么看。妈妈用职业口吻平淡地说:"还怎么看? 拔掉呗。"

荣娣就一缩脖儿,跑开了,好像妈妈就是那个做牙科医生的刘家大哥似的。

那天我们玩过家家,因为荣娣会点柴火,我们就动真格了,可是没有什么菜,只找到一盆吃剩的大碴粥(玉米破碎成比较大的颗粒熬出来的稠粥),

我们就在铁锅里放豆油炒了一小盆。

三个人吃得正香呢，一个淘小子领着一只"疯狗"来了。

天哪！他比他的狗还疯，简直在荣娣家上演了一场大闹天宫。

他带着他的狗上蹿下跳，不知轻重地攻击我们，把我们追得爬上窗台，哭号不止。

就在这时，邻居刘家大哥现身了。

他把他弟弟喝走之后，轻声细语地安抚我们三个小丫头，把我们一一抱下窗台，正要离开的时候，荣娣说："大哥，我妈妈说让你给我拔牙。"

说完她就后悔了，转身就要跑。

刘家大哥伸手抓住她，说："来，我看看你的牙。"

荣娣赶紧用手捂住嘴。

刘家大哥说："我只是看看，什么都没拿怎么给你拔牙？"

说着还张开手让她看。

荣娣就放下捂在嘴上的手，主动张开，就像让妈妈看的那样。

好戏来了！只见刘家大哥突然上手，他又白又细的右手在荣娣的嘴上一闪，就听荣娣"嗷"的一声，掉头跑小屋里去了，还"咔嚓"一下把门闩死。

刘家大哥笑着看了看惊呆在一边的我和荣娣妹，做了个鬼脸走了。

等荣娣从小屋里出来，我扒开她的嘴看，那颗小白牙不见了。

我问她："疼不疼呀？"

她说："不疼，就是吓了一跳。"

我就从这时候起，发现刘家大哥长得很好看（以前把他划在大人堆中，从来没注意过他）。

他总是精精神神的，脸很白、很干净。每天骑自行车上班，扶着自行车把的手白得透明，仿佛骨头都看得见似的。

那时候我还没有进过医院，后来生病去医院，如果遇到的不是一位干净得像刘家大哥的医生，我就很不开心，心里总觉得，医生就应该是那个样子。

到现在我去医院见医生,都需要像人家倒时差那样,把自己的这个想法倒一倒。

其实这对医生是很不公平的。

1960 年的鸟蛋

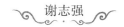
谢志强

暑假里的一天,孪生兄弟赶着羊进了戈壁滩,哥儿俩已经走不动了。

戈壁滩上的草本来就少,羊群日复一日地啃,可怜的绿色已消失殆尽。枯草贴着地,像要往沙子和鹅卵石组成的戈壁里钻,不让羊啃。羊有气无力地叫着,羊羔叫得最厉害。

哥俩早晨吃了用稻草粉(稻草发酵之后再磨成粉)蒸的馒头,那馒头像戈壁滩的石头,还有股石灰味儿。可是,小男孩的肚子如同一个小磨,再硬的食物放进去,很快就被消化掉——磨在空转。他俩躺在戈壁滩上,仰望蓝天,云像羽毛一样。

蓝蓝的天空中出现了一只鸟,转眼间,鸟似乎又变为一块石头,垂直地坠落下去。

弟弟眼尖,说:"有一只鸟。"

哥俩不知哪来的力气,奔向鸟坠落的地方。

那里有一条渠,渠水流向沙漠里的"海子"。鸟在水里漂,很快被小小的旋涡卷入水底。

哥俩舔了舔嘴唇,咽了一口唾沫。哥哥说:"渠水把鸟吃掉了。"

弟弟羡慕渠水,说:"水也饿了,它们的肚子里没了鱼,就吃天上的鸟。"

哥哥说:"是鸟自己掉进水里去的。"

弟弟说:"鸟饿得飞不动了。"

哥俩望一望天,希望再看见鸟儿。那云,像鸟散落的羽毛。蹲在渠边,哥俩掬水而饮,水有点儿咸。站起来,弟弟蹦了一蹦,肚子里发出水响。

弟弟说:"哥,我的肚子像个皮水袋。"

哥哥晃一晃身体,也发出"咣咣"的水响。

弟弟又望一望天空,说:"哥,那只鸟儿好像是从戈壁滩上飞起来的。"

哥哥说:"应该还有一只。"

羊群散落在戈壁滩上,像煤炭掺进了雪里。太阳已爬到头顶的天空,鹅卵石又亮又烫。

哥儿俩分开,在羊群附近寻找。其间,哥哥撒了一泡尿。尿一击在戈壁滩上,立刻发出"嗞嗞"的声音,还有水蒸气。随即,被又干又烫的戈壁吸收掉了。

隔着羊群,弟弟喊:"哥哥,快过来看!"

一丛碱草里,躺着两个紧挨着的鸟蛋,蛋壳上麻麻点点。如果放在戈壁里,猛一眼都看不出是石头还是鸟蛋。

哥哥一眼认出,那是坠落在渠水里的鸟生的蛋。那鸟,他们叫不出名字,羽毛跟麻雀差不多,却比麻雀的身体大,头上还有一撮尖尖的羽毛,像一顶装饰性的帽子。麻雀都是一群一群的,可那种鸟,是成双成对的。它们在地上生蛋,大多生在戈壁或沙丘里,红柳丛、碱草地是天然的巢。

弟弟捡起两枚蛋(比鸽蛋稍小些),舔舔嘴唇。他的手像一个鸟巢。

哥哥说:"放回去,你动过鸟蛋,鸟就不来孵蛋了。"

弟弟说:"哥哥,我去捡些草来烤蛋。"

哥哥说:"等一等,应该还有一只鸟。"

弟弟放回蛋,说:"我们埋伏起来,给它来个一窝端。"

哥俩退到百米外,蹲进一个坑——大概是农场造房子取土挖成的

坑——探出头,望着那丛碱草。这个坑倒像是个鸟窝,他俩羽翼未丰,等着爸爸妈妈衔着虫子来哺呢。

尿过的肚子又空了。哥俩又啃馒头。他俩时不时望天空,希望出现一个飞翔的小点太阳跑了大半天,也累了,慢慢地向西坠落——好像太阳被他俩看下去了。

羊群又开始叫了,大羊小羊都在互相呼唤。差不多是回连队的时间了。

弟弟说:"那只鸟不会回来了。"

哥哥说:"不回来,两个蛋就孵不出来鸟来。"

弟弟说:"一定是鸟妈妈饿得忘记了自己的蛋。"

哥哥说:"鸟不可能忘了自己要孵蛋。"

两枚蛋躺在窝里,已晒得发热了。

弟弟说:"是不是鸟偷懒,让太阳替它们孵蛋?"

哥哥摇摇头。弟弟已经捡来一束干枯的碱草。

哥哥说:"我们该回家了。"

弟弟急了,说:"咋不烤蛋?"

哥哥说:"还是跟爸爸妈妈一起吃吧。"

爸爸浑身水肿,特别是眼睛肿得已经睁不开了。哥俩把羊群赶进了连队的羊圈。

妈妈接过两个鸟蛋，泪花就滚出来了。

哥俩说："妈，鸟蛋能不能让爸爸眼睛睁开？"

妈妈说："有你们这两个儿子在，爸爸的水肿很快就能消下去。"

那口铁锅，也像一个鸟巢，只是放进了水，两枚鸟蛋浮在水面。

爸爸说："掏了鸟蛋，鸟一定焦急得不行了，鸟蛋是未来的鸟。"

哥俩说："爸，我们等了大半天，也不见鸟回来孵蛋，鸟蛋能消你的水肿。"

爸爸说："鸟也没力气孵蛋了，你俩辛苦了一天，一人吃一个吧。"

弟弟说："爸，我们一家人，一人吃半个。"

哥哥拿起菜刀。那么大的菜刀，却用来切那么小的蛋。他小心翼翼，将两枚鸟蛋各切成两半。

妈妈愣住了。

弟弟说："咋啦？鸟蛋空了？"

爸爸常在戈壁滩或沙漠里放羊，有经验（他有一肚子沙漠的故事）。他掰开肿胀的眼皮，像剥蛋壳那样。他说："这两个蛋，再也孵不出鸟了。"他对儿子解释，两枚鸟蛋经过风沙吹、太阳晒，蛋黄和蛋清已风干，贴在蛋壳的内壁上了。可见，鸟和蛋已分开很长时间了。

以后的岁月里，弟弟看见天空飞过的鸟，总是担心鸟会像抛出的石头，坠落地面。他看见涝坝和水渠，总捡起石头打个水漂儿。

沙漠里放了个绿色的梦

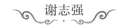

谢志强

对于同一片沙漠,大人们丑化它,往坏里想;小孩美化它,往好里想。

起初,发现孩子瞒着父母要进沙漠探险,父母采取强硬的手段阻止,又骂又揍。可是,小孩蠢蠢欲动。父母有工作,总不能把小孩拴在裤腰带上吧。

小孩喜欢听故事。我上小学四年级时,父母给我讲了个沙漠故事,仿佛沙漠里有魔鬼:进了沙漠你就停不下来,跑到你跑不动为止,倒下,沙漠像是块魔毯;你看见远处有湖有树,却接近不了,那些美景会忽然消失;你找到沙漠里的宝藏,会立即起沙暴,刮得你晕头转向,沙漠把你也藏起来。我听得耳朵都起茧了。

大人们编造恐怖故事,吓住了许多小孩。不过,我的想象力反而发达起来。红柳、胡杨、火狐、古物——它们都住在沙漠里,只有火狐会窜进绿洲捣蛋。我向往之。大人没法占领小孩的脑袋。

至今我都清晰地记得我做的一个梦:我带着军用水壶,进了沙漠,像走在棉花垛上。我爬上了一座沙丘,沙丘只有一丛红柳。四周都是沙丘,太阳照着,如同刚揭笼的馒头,红柳开了淡紫色的细碎的花儿。我把水壶里的水浇上去,我听见红柳吸水的声音,随即,红柳喷出了水,有多少枝条就有多少

水线，又细又绿。水落之处，瞬间绿了，绿又洇开。我顺势打了个滚儿，我滚过的地方，也绿了。绿色贴着沙地在奔跑。

母亲抱我，我滚下了床。我嫌母亲坏了我的好事。我说我把沙漠给梦绿了。

第二天我兴奋地去上学，把这个好消息告诉同学。同学不信，我很失望。我约小伙伴们一起进沙漠，要亲眼见识一下绿色的证据。

我像在梦里一样，找出军用水壶，备了晾干的馍片。但是，这逃不过父亲的眼睛。他没收了我的东西，说："又不是逛巴扎（集市），能去沙漠逛吗？不要小命了。"

我坚称塔克拉玛干沙漠有一片我梦绿的地方，要是母亲不打断我的梦，整个沙漠都绿了。我比画着绿色的规模。

父亲笑了，说："做梦就能把沙漠弄绿了，还要农场那么多大人干什么？我们当年还用得着开荒吗？如果人人都做梦，还会有绿洲吗？"

我很认真也很委屈。

父亲板着脸，说："你敢去，我打断你的腿。"

岳老师也来干涉，安排同学监督我回家。可想而知，是父母背后委托过岳老师的。我说："岳老师，你不是让我们写作文《我的理想》吗？"

岳老师说："理想和梦想有区别，理想要奋斗去实现，梦想就不一样。"

我咬定，现成的一个梦，就梦绿了沙漠，还不够理想？

我托连队的羊倌儿，他常把羊群赶进沙漠放牧，甚至托场部从事测量的叔叔——农场要挖一条排碱渠，排碱渠是通往沙漠的海子。我郑重其事地要求叔叔们注意我梦绿的一片沙漠——他们发现了证据，总该相信了吧。

那一年，没人找出证据——大人们根本不把小孩的梦当回事儿。"小家伙儿，靠边站，别碍事。"

二十四岁，我第一次走出"邮票大"的农场，我懂得，那仅仅是个梦。我已经能把梦境和现实区别开了。

　　不过,我仍相信那个梦。比如,有一回,在北京举办的一次小说创作会议,我因有事去不成,却对文友说:"我最先到达北京。"

　　上北京的大道路有多条,方式有多种:飞机、火车、汽车、徒步。我采取的是想象,凭着想象的翅膀,如同神话里一样,一个念头就到达了。

　　让沙漠变成绿洲,是我父辈的梦想。父辈用血汗开垦绿洲,仅仅给沙漠镶了绿边,而我童年的那个梦,一下子深入沙漠的腹地,轻易梦绿了沙漠。改变现实有多种方式,毕竟沙漠里放着我的一个绿色的梦。

　　当年,我惦记那片梦绿的沙漠,还在缺水,是不是又渴死了?

　　现在,我想,那个梦落在沙漠里,已生了根,从文学意义上说,它已改变了沙漠。

生瓜蛋

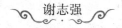

谢志强

我发现托儿所后面的院子地上爬着藤蔓,起先,开着淡黄色的小花儿。后来小花儿不见了,结出核桃大的东西,上面长着茸茸的绒毛。

我把这个秘密告诉同伴。他们已经知道了,知道了好几年,说那是哈密瓜。他们还用手比画着,一个逐渐膨大的椭圆形,又说等到长大就能吃。好像瓜模仿着那个样子长的。

我第一次知道那就是哈密瓜,我还以为发现了一个新奇的东西。我去摸那绒毛,很娇气,摸着摸着,就把绒毛摸掉了,好像出壳的小鸟褪去了绒毛。

托儿所的阿姨来阻止我,还告诉我:"摸掉了绒毛,瓜蛋子就长不大了。"似乎我做了一件不好的事。

我不信。我好奇地去看望小瓜蛋子,一天又一天,别的瓜蛋子都长得拳头那么大了,可它还是核桃那么大。我摸掉了它的绒毛,它就停止生长了,似乎我发现了它的秘密,它就不肯按着我的心愿往大里长。

过了几天,我看见它起皱了,它死了,干瘪地缩起来。而那么多的瓜蛋,在太阳地里,碧绿的皮,又圆又亮,瓜叶遮着,像是躲避着我。

院子后面的瓜地,像车斗,三面围着密密匝匝的沙枣枝,枝上生满了尖尖的刺。院子旁边有个木栏栅门，上了锁。我就再也不能去看瓜了。

在大人们的眼里，我应该是长得可爱的那种。妈妈送我上托儿所，其他小朋友的爸爸妈妈总是忍不住抚我的头。我的头发又黑又硬，小朋友的爸爸妈妈抚我的头，好像我是一个长大了的哈密瓜。

我妈干涉了，说："别摸小孩的脑袋。"

大人说："你这儿子长得真好玩，真可爱。"

我喜欢大人摸我的脑袋，摸过后还会给我杏干，或者葡萄干、大沙枣。我知道农场会长熟许多东西，我还没见过。进了托儿所的院子，我们就不能随便走动了。大人收工的时候，才能放我们回去。连队不大，我已认得回家的路。

我妈不叫大人摸我的脑袋，我想，我妈是怕我长不大吧。我摸过小瓜蛋子的绒毛，小瓜蛋子的绒毛就是它的头发。我想，我摸掉了小瓜蛋子的头发，小瓜蛋子没了头发就长不大了；大人摸了我的头发，我就停住了生长。我想，我的头发幸亏没被大人摸掉。我发现，托儿所的小朋友都在使劲儿地长。我发现，小朋友里，我的个子最矮。

我开始担心我僵掉了。毕竟有那么多双手摸过我的脑袋。我就拼命吃，我说我还要，我还老是说我渴了。

我长胖了。后来，我闻到了哈密瓜的香味。窗子后边，一个一个哈密瓜躺在泛黄的秧叶里，已经掩蔽不住了，像我睡觉时蹬掉了被子。

秋季的一天，我已知道秋天有很多东西可以吃了，午睡后，桌子上面摆了几个哈密瓜。我们都像听到召唤一样，跳下床。阿姨切瓜的时候，我听到刀刃还没到达，那瓜已经脆响着裂开，露出水红水红的瓤子。一牙一牙的瓜，切得像弯月，像小船。已经是回家的时间，我忘了阿姨的叮嘱，要我们带回家。我一出院子，就选了个土坯屋的拐角，吃得只剩下一堆瓜皮，我忽然记不起哈密瓜到底是什么滋味了。我懊悔我吃得快，好像有人跟我争抢。

瓜汁在我的嘴唇两边留下了痕迹，发黏。我若无其事地回到家。

妈妈看着我,好像我突然长高了。她问:"托儿所分瓜了吧?"

我舔舔嘴唇,说:"一人一牙。"

妈妈说:"瓜呢?"

瓜已在我的肚里,我不吭声。

妈妈说:"你就不让爸爸妈妈尝尝?"

我又舔舔嘴唇。

妈妈说:"你一个人吃得下?"

我说:"就一牙。"

爸爸说:"你这个生瓜蛋。"

妈妈说:"我们不是一定要尝那牙瓜。"

后来,我常常想,我不愿按照爸爸妈妈的期望长,我停止了长大,爸爸妈妈一定要着急,就不会在意我吃掉了那一牙哈密瓜了。可是我长大了,经历了小学、初中、高中。妈妈几次提起过那牙哈密瓜的事儿,好像我身体里还有一个我长不动了,没跟上来,渐渐地,我知道了什么叫生瓜蛋。那是农场流行的一句贬损人的话。

世界上最好看的四个字

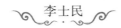

李士民

先从小时候说起。

那时,村里人最向往的地方是城里。大隅口,是城里人流量最大的十字路口,大隅口的旁边就是百货大楼。百货大楼,是村里人最想去的一个地方,是最热的一个词。比如,谁去了一趟城里,在百货大楼买了一条毛巾、称了二斤白糖、扯了三尺花布,谁就可以众星捧月般地展示,鹤立鸡群似的炫耀。再比如,谁去过城里进过百货大楼,谁就可以对没去过城里没进过百货大楼的人说:"你知道百货大楼的大门朝哪边开吗?!"

我并不稀罕知道百货大楼的大门朝哪边开。

我稀罕的是新华书店的大门朝哪边开。

是的,我喜欢读书。可是,那时候并没有书读。我曾经用十个又焦又香的金蝉换来同学的一本少了封面的连环画,曾经光着屁股顺着村前的池塘跑了三圈,换来邻居的一本过期的《少年文艺》,甚至曾经在集会上的旧书摊上偷了一本泛黄的《故事会》。

八岁那年夏天,我有了一次进城的机会。

我的邻居三羔比我大四岁,准备瞒着爹娘去一次城里,在百货大楼里买一双凉鞋。这事,被我知道了。耐不住我的死缠硬磨,三羔总算答应了一起

进城,但三羔的条件是,去的路上为他背水壶,回来的路上为他拎鞋子。当然,我毫不犹豫地答应了。

第二天,天还没亮,我就跟着三羔悄悄上路了。

村东面就是一条小河。顺着河堤,三羔走在前面,我走在后面;三羔挺着胸脯,我背着一个军绿色的铁皮水壶。

进了城,到了大隅口,三羔拉着我就往百货大楼里钻。我却像一头倒退的耕牛,不愿意进去。

三羔说:"百货大楼多好,带你去逛逛不好吗?"

我说:"三羔哥,我想去新华书店。"

三羔对我说:"快去快回,半个小时后你就回来,在百货大楼门口等我,你要是跑丢了,我没法向你爹娘交代。"

按照三羔的指点,我顺着中山街往东走二十米远,果然看到了新华书店,这是我人生之中第一次走进新华书店。玻璃柜台里整齐地摆放着一本本图书,既有我喜欢的连环画,又有我渴望的童话故事,原来世界上还有这么多的书。如果不是亲眼所见,我怎么都想象不到,一本又一本的书还可以这样摆在书架上。我就像一个饥饿的孩子,走进了一间摆满食物的童话世界,可是这些食物可望而不可即,因为我的兜里没有一分钱,这么多的书没有一本是属于我的。

回到百货大楼门口的时候,三羔正在那里等着我。三羔的脚上,穿着一双崭新的凉鞋,手里拎着一双发臭的布鞋。

回家的路上,三羔迈着威武的步伐,而我,跟在他后面拎着一双臭鞋子。可是我一点都不后悔,因为,我已经知道了新华书店是大门朝北的。

一年之后的秋天,我又有了一次进城的机会。

那天,我和娘一起去了舅舅家。正好,舅舅要去城里拉饼肥,于是,舅舅就让我和他一起。

这一次去城里,我不用背着铁皮水壶顺着河堤步行了,而是乘坐舅舅的

马车去的。那匹马很听话,马车也很舒服。

舅舅的马车穿过秋野,穿过解放路,从北关来到了南关,我在马车上的享受还没有过瘾,我们就来到了油厂。

装好了饼肥,已经是正午了。舅舅塞给我五毛钱,对我说:"去外面饭馆吃一碗肉丝面,吃完了就回来。"

我都不敢相信这是真的,突然觉得,矮小的舅舅一下子高大起来。一碗肉丝面,该是怎样的味道啊。我紧紧地攥着五毛钱,激动得像一个刚刚订了婚的小伙子,朝油厂对面一家飘着香味的饭店走去。

就要走进饭店的时候,我突然改变了主意。现在想起来,真有些后怕,也不知道是谁给我这样的胆量:我转过身,迈紧步子,走过了工业路,步入了解放路,拐进了中山街。

对,我找到了新华书店。

这一次,我郑重其事地花了四毛二分钱,买了一本崭新的《木偶奇遇记》。这是我人生里购买的第一本图书。匹诺曹烤火时烧坏了双脚、说假话变长的鼻子、受骗后变成一头驴子、遇险情进了鲨鱼肚子,若干年后的今天,

这些情节依然印刻在我的记忆里。

第三次去城里，我已经十岁了。

那年冬天，父亲患了肠梗阻，住进了县城人民医院。

父亲手术后的第三天，是个周末。那天下午，哥哥借来一辆自行车，带着我去城里看父亲。

那天非常冷，坐在自行车的后座上，冷风往我袖子里钻，往裤腿里拱。那时候，大家都把人民医院那儿叫成"蛤蟆洼"。到了地方，我站在父亲的病床前直发抖，不知道是因为伤心，还是冻的。望着脸色苍白的父亲，我的眼泪一下子就涌了出来。

父亲眼里也含着泪水，他从身上摸出一块钱，塞到我手里说："去街上喝一碗豆腐脑，吃两个烧饼，暖和暖和。"

我摇摇头，推了推说："不，不。"

父亲说："趁着你哥不在这儿，赶紧去吧。"

我逃也似的走出了医院。

外面居然飘起雪花，我捂着耳朵，跺着脚，走在淮海路上。其实，我根本没有去买烧饼，也没有去喝豆腐脑，而是径直往前走。

您猜对了，我匆匆走上了解放路，路过大隅口，拐入了中山街。

一点儿都不错，我又到了新华书店。

可是，此时的新华书店已经关门了。望着那四个大字，我一点儿都不失望，反而感到有一股股暖流直往身上涌。

那是世界上最好看的四个字。

三棵黑白菜

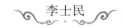
李士民

　　早春,我正在村里柳树台看戏,娘在黑压压的人群里找到我,把我拽了出去。

　　这个点,谁拽我走,我都是极不情愿的。娘扯着我的黑夹袄,像扯着一头没出过远门的牛犊子,横里竖里往外拉。我呢,一边跌跌撞撞地随着娘往外拱,一边回过头,隔着人缝使劲瞅。

　　戏台上,崔影踩着鼓点,正出场。崔影甩着水袖,咿咿呀呀。崔影的腰肢,玲珑、轻巧;崔影的腔口,圆润、柔美。崔影扮演的人物,叫翠娥,是《喝面叶》里面的主角儿。《喝面叶》是一出柳琴戏。

　　柳琴戏,又叫拉魂腔,拉你的魂呢。当然,最拉魂的,是崔影,崔影的一摇一摆,崔影的一颦一笑,都能牵动我的心尖子、肺叶子。咱就打开天窗说亮话:十二岁的我,悄悄爱上了二十岁的崔影,随便你笑话吧。

　　到了戏场外,娘并没有松手,我以为自己惹了事闯了祸,接下来娘要开始打我骂我了,谁知道娘附在我耳根说:"去菜地里把三棵黑白菜剜来。"然后,娘又补充说:"晌午,你舅舅要来,我去打香油。"

　　娘的两句话像给我注射了一针兴奋剂。

　　是的,此时,我拿着娘递给我的铲子,从容地离开了戏场,崔影的咿咿呀

呀和舞动的腰肢,被我无情无义地丢在了身后。当然,我的兴奋点就在我家的菜地,就在菜地里的三棵黑白菜上。

说是菜地,其实乍暖还寒,还没有啥菜,只有一畦黑白菜,刚刚泛青,却又掩饰不住冰雪摧残过的面黄肌瘦。而我知道,靠着篱笆根的塑料布下,有三棵黑白菜,那是三棵叶肥茎旺、油黑发亮的黑白菜。我还知道,娘让我来刎那三棵黑白菜,是为招待舅舅的。我更知道,娘之所以用三棵黑白菜招待舅舅,是因为今天舅舅要给我们家送一只山羊。

我把三棵闪闪发光的黑白菜送到家里的时候,娘已经打来了香油。我还看见,锅台上,娘还准备了五枚金光闪闪的鸡蛋。我的眼睛简直要绿光闪烁了,心想:亲爱的舅舅,快点儿来吧。

太阳绕到头顶了。娘蒸好了热腾腾的馒头,对我说,你舅舅也该来了,咱开始做黑白菜。我高兴得劲儿没地方使,就顺着院子跑了三圈。

娘做饭最麻利。黑白菜洗干净了,鸡蛋在碗里拌匀了,柴火将锅烧热了,油倒上了,吱的一声,像一个为爱而赴汤蹈火的贞烈女子,黑白菜扑进锅里的一瞬间,就与最亲爱的五个鸡蛋热烈地拥抱在一起。

当一盘多姿多彩的黑白菜鸡蛋摆到饭桌上时,我一次又一次往大门口跑,看看我亲爱的舅舅来了没有。

没想到,邻居大柴捎信说,我舅舅来不成了。

娘就着急了,像我一样顺着院子正转了三圈,反复说:"咋就不来了呢?"然后,娘又顺着院子倒转了三圈,自言自语说:"三棵黑白菜是自家的,五个鸡蛋可是借来的。"

看着娘在院子里转圈子,我心里也在转着圈子。舅舅不来了,也就是说,黑白菜鸡蛋的美味,我们一家可以享用了。

这时候,队长噔噔噔地跑过来,喘着粗气说:"咱村里唱戏的,吃饭的事儿安排错了,这会儿,有一个要在你家吃饭。"娘听了,又惊又喜,像是遇到了救星,拍着手说:"来吧来吧,黑白菜鸡蛋等着哪。"

我躲在门后,恨不得咬掉队长的一只耳朵,要是派来那个抬轿的演员,三棵黑白菜五个鸡蛋还不得让他承包了?

一会儿,队长就带来了一个演员。猜猜她是谁?对了,她就是崔影,令我脸热心跳的崔影。我觉得这是上天的安排。崔影进我家大门的时候,依然移动碎步,袅袅婷婷。她说一句话,我像喝了一杯酒;她又说一句话,我像又喝了一杯酒。一杯一杯地喝,我就醉了。

崔影在我家饭桌前坐下了,我也想进屋,坐在崔影身边。可是,我被娘拽住了。娘轻声说:"你是男的,人家是女的,男的不能陪女的。"

嗨嗨,娘的逻辑,害人啊。

崔影在娘的客套下,轻轻地举起筷子,却听到院子里传来了羊叫声,啊呀呀,不早不晚,我亲爱的舅舅匆匆忙忙地赶来了。

娘像是遇到了第二个救星,把舅舅拉进屋里说:"一起吃,一起吃。"当然,我也像遇到了救星,想随舅舅一起进屋,却被娘拦住了。娘说:"小孩不能陪大人吃饭。"

让我开心的是,饭后,我发现三棵黑白菜五个鸡蛋,一丁点儿都未动。

让我窝心的是后来发生的事情:崔影,成了我的舅妈。

我恨透了舅舅。

瓦蓝瓦蓝

李士民

天,瓦蓝瓦蓝的,又高又远。

那一天,是1985年初秋,我躺在村边的花生田里,望着瓦蓝瓦蓝的天,漫无边际地想事儿。

我突发奇想,想要一件像天空一样瓦蓝瓦蓝的衬衫。其实,也不算是突发奇想,其实我早有预谋,因为村里的二林已经有了这样一件瓦蓝瓦蓝的衬衫,那个好看,那个美好,凭嘴巴是说不出来的。

当然,我想要一件瓦蓝瓦蓝的衬衫,是有自己想法的。再过几天,就要开学了,我要是穿上瓦蓝瓦蓝的衬衫走进教室,班里的同学哪一个敢不瞪大眼睛?说不准还会当选班干部。更重要的,我心里还藏着一个秘密,就是穿上这件衬衫让崔影看一看,好让她知道我有多好看。崔影,村里人都知道,柳琴戏班里身段儿最美,唱腔儿最润的那一个。她一出场,哭闹的小孩儿都会停下来。再过三天,崔影就要到村里来演出,连演两场,这是队长说的。

于是,我从花生田里跳起来,咚咚咚地往家跑。

娘正在院子里喂羊,我一下子扯住娘的海蓝色围裙,吊在娘的脚跟前,像一只可怜的小羊羔。娘依着我说:"想喂羊你就喂吧,想吃饭我就给你做去。"我龇龇牙说:"就想要一件蓝色的衬衫。"娘撇撇嘴说:"想给你买,就是家里没有钱。"

其实娘清楚我也知道,家里刚刚卖了一只山羊和一棵楝树,只是那钱是用来买化肥的。娘说过,买米的钱不能买布。

我撒开娘的海蓝色围裙,躺在地上打滚儿伸腿儿。我的意思是,买米的钱就买一回布吧。

我这一招儿也够狠毒的,娘居然答应了。娘说:"化肥不买,也得给你买衣服。"娘又说,"穿上了新衣服,就要好好学习,天天向上。"我高兴得像一头刚学会走路的牛犊子,满院子蹦跶。我嘴上说:"穿上瓦蓝瓦蓝的新衣服,我就会好好学习,天天向上。"我心里想:穿上瓦蓝瓦蓝的新衣服,崔影就成了我媳妇。

第三天,戏台就搭在村口,在我家门前踮起脚尖就能看到戏台。锣鼓家伙敲得人心慌张,像衣袖里钻进了一只小老鼠,惹得我站着坐着都不安稳。都这时候了,我的瓦蓝瓦蓝的衬衫还没有做好。其实,娘大早上就去了裁缝铺一趟,人家说活儿多。我对娘说:"你赶紧再去,要是拿不回来,我就上吊。"

娘像是拿了一支令箭,戏也顾不得看了,撒开腿就往顺和集上跑。

直到下午,村里的第二场戏已经开始了,娘才从顺和集上赶回来。这时候,戏台那边,演的是《马古驴换亲》,崔影开始上场了。崔影一登台,台下就有了掌声;崔影一亮腔,台下就静了。

实指望从糠箩跳进米箩,

又谁知命苦人重蹈泥沼。

我有心留故土至多一死,

卖身契在他手中定然不依。

走不是留不是左右不是,

苦无期难无期遥遥无期。

我夺过娘手中的衬衫,一边穿,一边往外边跑。我在前边跑,娘就在后边撵,娘说:"我看看,我看看……"我一边跑,一边穿,到了戏台前,瓦蓝瓦蓝

的衬衫就穿在身上了。

我分开人群，往前面钻。娘分开人群，跟着我往前面钻。娘一边钻，一边喘着粗气说："我看看，我看看……"我跑到挨着戏台的时候，跑不动了，娘在后面说："咦，咦，咋就小了呢?!"我拽了拽下摆："是的，像个茄盖儿呢。"

尽管像个茄盖儿，我还是觉得身上瓦蓝瓦蓝，鲜亮无比，我要让崔影看到这片瓦蓝，看到台下的我鲜亮无比。

整个下午，崔影一出场，我就盯着她，看她袅袅婷婷的碎步，听她婉婉盈盈的腔调。当然，我脚尖踮得最高，身子摆得最直，这样，崔影就能看到我的瓦蓝，看到我的鲜亮无比。

刹戏的时候，演员们都到后台去了，我觉得我也应该到后台去，让崔影再看看我的瓦蓝。

我就隔着人群往后台挤，挤到一棵歪柳树边，"哗"的一声，我的衬衫被树杈剐了大口子，我的肩也被划了一道血印子。我傻愣着，肩上的血印子并不算疼，最疼的还是衬衫上的那个大口子。

我的眼泪真不值钱，稀里哗啦地淌了下来。

崔影就是这时候走到我身边的，她拉着我，来到了后台。崔影打开她的道具箱，拿出了针和线。崔影的手，轻轻巧巧，柔柔绵绵，就像她在舞台上的表演，把我的蓝衬衫缝补得细细密密，像是点缀了一对鸳鸯。这样的点缀，让我心里风生水起。

最后，崔影把衬衫递给我说："好了，姨给你缝得不错吧。"

啊啊，崔影不是我姐吗? 怎么能是我姨呢?!

我的眼泪实在不值钱，回家的路上，又流得稀里哗啦。

凤

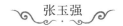
张玉强

凤是个人人讨厌的女孩子。

她长得并不丑,甚至还算挺好看的。可她还是成了这个班上人人讨厌的女孩子。人人——就是说,老师讨厌他,男生讨厌她,女生也讨厌她。

必须说明,这些"人人",并不是带有某种偏见地讨厌她。实实在在地说,她很值得讨厌,她一点儿不冤屈。

很难用什么文雅的字眼来形容她那种古怪性格,只好用一个很难听的字——贱。

她用她的嘴巴伤害并得罪着身边所有的人。老师讲课,她在下边低声嘟囔;同学别说招惹她了,你就算不理会她,她也一样变着法子找机会对你恶言恶语。她对所有人都没有善意。

更要命的是,她并不痛苦,她以此为乐,她天天喜洋洋的。她并不是强颜欢笑,而是发自内心地喜洋洋的。

谁也不知道她是怎么养成了这种性格,当然一帮初中生也没心思去研究这个,我们只能不约而同地讨厌她,骂她"贱人"。

很不幸,我是她的同桌。我无法一一列举她对我的各种侵扰——当然,不要误解这是她喜欢我而采取的一种变态迂回的做法。她对所有人都是这

样的,只是不幸,我成了她的同桌。

终于有一天,她再次在上课时嘟嘟囔囔地不知道是讽刺还是谩骂老师,年轻的语文老师全听在了耳朵里。他再也遏制不住自己的愤怒,勒令她站起来说清楚到底在说什么。

我必须诚实地在此交代一句:那一刻我走神儿了,根本没听见她在说什么。

凤慢腾腾地站起来。

语文老师逼到凤跟前,愤怒得脸都发紫了,他大声问:"你刚才到底说的什么?"

他一向是温文尔雅的。

凤低垂着眼皮,嘴上还硬:"我没说什么,我什么也没说。"

语文老师的嘴一直在打哆嗦。他打了一会儿哆嗦,摔门而去。

事情闹大了。

全班人都幸灾乐祸地等着看热闹。

过了片刻,班主任急匆匆地走了进来。他直接走到凤跟前:"你刚才说什么了?"

凤:"我没说什么。"

班主任冲上讲台,一屁股坐在椅子上,庄重地双手合抱放在桌子上,缓缓地说:"好。今天咱们就把这事搞个清楚。凤,再给你个机会,说说你刚才说了什么,然后你去找语文老师道个歉,这事儿就算完了。"

凤:"我没说什么。"

班主任重重地拍了拍讲桌:"好!今天不把这件事儿闹清楚不算完!"

我万万想不到的是,他把眼睛盯住了我,他叫着我的名字:"你说说,她刚才说了什么?"

我在惊愕中习惯性地站起来。我不知道该怎么回答。是啊,这是个千载难逢的报仇的好机会。可要命的是,我千真万确地在那一刻走神儿

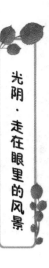

了——要知道,她几乎时时刻刻都在嘟嘟囔囔,当你习惯了以后,你是不可能去认真地倾听她每一句话的。我并不怕她报复,我们已经是仇敌。我也不是像电影《闻香识女人》中那个中学生一样要恪守什么"不该出卖朋友"的道德规则,我只是真的、真的没听到她当时在说什么。

我艰难地说:"我没听见。"

全班鸦雀无声。

班主任愣了有几秒钟,爆发了:"好啊,好!"他连着念了两遍我的名字:"好啊!你可真会做人!你可真是个老油条!"

他站起来,直奔鹤立鸡群的凤和我。他在我俩身边气咻咻地踱着步:"真行!你俩真行,真不愧是坐同桌的!一个上课骂老师,一个装聋作哑当老好人。真般配!"

全班哄堂大笑。

凤,这个无耻的贱人,居然也跟着笑!

我的脸烫得不行,眼泪在眼眶里打转。我不明白我到底错在哪里了,为什么这场批斗会莫名其妙地把矛头指向了我?

班主任在哄笑声中继续慷慨激昂:"好啊,人家不愿得罪人咱也不强求。不过,少了张屠户不吃带毛猪,我还非得求着你不行啊?"

全班又是一阵哄笑,因为又一个很不幸:我就姓张。

我木了,脑子里轰轰作响。

接下来班主任又说了什么,以及事情最终是如何收场的,我不记得了。

我要写作业了

张玉强

我要写作业。

我倚在门框上,刚过正午的太阳晒得我眯起眼睛。有一朵云彩慢吞吞地飘过院子上空,风刮过掉光了叶子的树梢,呜呜作响。狗斜卧在地上打盹儿,猫趴在狗肚子上。公鸡站在香椿树下,微微偏一下脑袋,用一只眼睛满腹狐疑地盯着我。

我大声地对它们说:"我要写作业啦!"

我这一吓,顿时鸡飞狗跳。猫四仰八叉地惊醒了,左顾右盼。我对它说:"你!过来,我告诉你,我要写作业啦!"

我把那张漆皮斑驳的黑方桌搬到门口,拉过一把凳子,然后把书包里的东西哗啦一声全倒在桌子上。颜色各异的纸张在阳光里瑟瑟发抖,散发着一股煎饼的气味。

我冲着院子里喊:"我先写啥?"

院子里静悄悄的,那群畜生一个个都不见了踪影。

我说:"好!那就先写语文!"

可是我没找到语文课本。我欣喜若狂地翻了好几遍也没找到,重新抓过书包来也没找到。

我从凳子上跳起来，大吼一声："好！我回学校找！"

我锁上大门，沿着中午放学的路重新往回走。

天空湛蓝，万物枯黄。我兴高采烈地行走在土路上，只有斜斜的影子寸步不离地跟着我。

李红梅捧着个洁白的大碗坐在大门口的闸板上，跟她的狗你一口我一口地吃饭。

她看到我，问道："你干吗去？"

我不能跟她说实话，这个小婆娘十分不可靠。

我说："我买糖去。"

她站起来往家走："你等等，我跟你一起去。"

我撒腿就跑。

学校大门紧锁。我松了一口气。溜着墙根绕到东北角，再往南走二十五步——只有这里墙头上没插碎玻璃片儿。我踩着坑坑洼洼的墙面，毫不费力地翻了进去。落脚的地方是个小小的主席台，跳下去一点也不蹾脚。

我站在主席台上，俯瞰着空空荡荡的操场。光秃秃的旗杆在我正前方，被风吹得左摇右摆。

"都不要讲话！"

我指着旗杆，叫着我们班主任的名字："刘爱国！让你这班站齐喽！土匪一样。"

我站到主席台边上，冲着操场撒了一大泡尿，热气腾腾，彩虹隐现。风打到小肚子上，激起了一身鸡皮疙瘩。

我提上裤子，冲台下说："下面我给大家表演个杂技。"然后我连着做了三个侧手翻，拍拍手上的土冲台下一抱拳："我演得不好，谢谢大家！我再给你们唱个歌。"我就唱："有一个，不美丽的传说，精美的石头，不会唱歌……"

我额头渗出了细密的汗珠。一股小旋风裹着稀薄的黄尘，从主席台前横穿而过。

我跳下主席台,来到我们教室,毫不费力地推开刷着暗红油漆的窗户并钻了进去。

我的座位就在窗户底下。这是最靠北墙根儿的一排课桌。其实原来我的座位是靠南墙的,刘爱国一连几次抓到我上课睡觉,我说:"太阳晒的。"刘爱国乐了:"那好,送你去北边凉快凉快。"

语文课本果然是丢在了桌洞里。我把它卷成了筒,塞进裤袋里。

我背着手围着教室踱步,然后又站上讲台,抡起小竹竿做的教鞭使劲敲讲桌。

我在罗圈椅上坐下来,双手虚抱放在讲桌上,威严地扫视一下,大声问:"还有上厕所的吗?"

说完这句话的瞬间,我脑子里闪电般掠过一个念头:要是真听到一声回答该怎么办?

我浑身的汗毛唰的一声都立起来了。

阳光已经很斜了,教室里也渐渐暗淡下来。一排排已经看不出颜色的课桌悄无声息,后墙上的大黑板一团漆黑。风灌进窗缝,发出尖锐的啸叫。

我从窗户跳出来,小心地关好窗扇。风更大了,也更冷了。我裹紧衣服,准备再从主席台那里翻墙出去。

路过老师办公室那一排瓦房的时候,我临时决定再做一件事:敲钟。这不能怪我,它一直挂在高高的树枝上,叮叮当当地响,当然不是它自己会响,是风吹动了敲钟的绳子。总之是它诱惑了我。

它诱惑我不是一天两天了。

我抓住被风吹得飘摇不定的绳头,四处打量了一下——没人。这排瓦房头上的小院子是校长的办公室,它也关着门。

我抓紧了绳子使劲一晃。"铛"——这清脆的金属撞击声,响亮、有力。我感到头皮发麻,同时快乐得尿意盎然。

继续。"铛、铛、铛"——这是下课铃。

"铛铛、铛铛、铛铛"——这是上课铃。

我想到住在学校附近的学生乍一听到这声音后肝胆俱裂的模样，我边敲边哈哈大笑。

这时我听到从校长的小院子里传来一声暴叫："谁啊?!"

我撒腿就跑。

我像兔子一样飞越校园，跳上主席台，翻过墙头。双脚落地的瞬间，我觉得我的魂儿刚刚追上我。

我平息着呼吸，慢慢地走回家。

天还没黑。人都还没回来。

我重新坐下，自言自语地说："我要写作业了。"

这时我发现裤袋里是空的。

爸妈过年回家

吴永胜

听奶奶说过,爸妈过年要回来。五月就努力在脑袋里的角角落落,搜来刨去。有多长时间没看到过爸妈了呢。奶奶说,有三年了。五月掰着指头算,左手五个指头,加右手一个指头,是自己的年龄。扳下去三个指头。五月算明白了,爸妈是五月三岁时走的。

五月把算出的结果告诉奶奶。奶奶正坐在街沿下,晒着暖暖的太阳,纳鞋底儿。奶奶鼻梁上架着副大眼镜,听到五月的话,就抬起头来。眼镜一下子滑下去,滑到鼻尖上,好像那副眼镜是专门给鼻尖戴的。鼻尖想看什么呢? 五月想着就嘻嘻笑了。奶奶说:"傻孩子你笑啥呢,你爸妈走时,你是三岁。"又指指在一旁忙得满头大汗的八月,说:"八月才一岁。"

八月正将所有的玩具挨个儿在院里排开。有恐龙,有装着警灯的汽车,有炮筒断了一截的装甲车,有铁甲超人,还有飞机。八月不停地将它们调换位置,嘴里呱啦呱啦,指挥它们战斗。五月上一年级了,已经是大人了,才不跟小孩子游戏呢。五月拍拍八月的脑袋,说:"弟弟,爸妈过年要回来呢。"八月抬头看了眼五月,一甩脑袋,便将五月的手挣开了。八月的脸红红的,有层薄汗,沾着泥灰,把脸蛋子弄得像唱花脸的。他不理五月的话,继续呱呱啦啦,指挥他的无敌战队。

见八月没有搭理，五月便没了兴头。她坐回奶奶身边，努力回想爸妈的样子。好几次，爸妈的样子似乎都快看清楚了，可就像水田里的鱼瓜子，刚才明明还在那儿，指肚子才在水面上一碰，鱼瓜子一甩尾巴，就不见了。

坐了一会儿，五月坐不住了。她觉得八月太不懂事了，爸妈要回来了，他还那么若无其事，太不应该了。她本来想去扰乱八月的战队，但那样八月肯定会哭鼻子，奶奶也会骂自己。她突然想到一个好主意。她把两只小手交叉着放在背后，慢腾腾地走到八月面前，说："八月，你想不想要闪灯鞋呀？"

八月抬起头，抬手在额头上抹一把，额头上立刻添了几道子黑。

"想要。"

"要不要机关枪呢？"

八月终于站了起来。"要。我要可以打子弹的。"

五月骄傲地一昂头，说："爸妈过年就要回来，到时都给你买！"

八月似乎有些狐疑，他不太相信五月的话。他颠儿颠儿地跑到奶奶跟前，扑进奶奶怀里问："奶奶，爸妈要买闪灯鞋？"

奶奶慌忙放下手里的活计，抬手在八月屁股蛋子上拍了下，说："惊风扯火的，针差点儿扎着你了。"又说："当然要给你买哦。"

"我要有好多灯的。"到底要有多少呢？八月犯了难，想了想，说，"有天那么多的。"五月嘻嘻又笑，天哪有好多嘛，天只是大，大得没有边界，大得眼睛都看累了，也看不到边。八月的脚板才比鸭掌大多少？给你双天那么大的鞋子，你才穿不了呢。

"是不是要给我买枪呢？"

奶奶拾起围裙，擦去八月脸蛋上的汗渍，说："当然要买呀。八月可乖了，从来都不淘气。"五月就撇嘴，八月怎么不淘气呢，天天追鸡撵狗，打烂过奶奶的镜子，扯坏过自己的本子，还老尿床。晌午那会儿，八月把鸡笼里下蛋的鸡，拿棍子掏出来，惹得奶奶扬着个桑条子，满院子追，骂他是淘气货。

奶奶也真是，记性太差了。八月也不知羞，还得意扬扬的，真以为自己有多乖。"我还要摔炮。""买。""我还要坦克。""买。""我要棒棒糖，还要砣砣糖！"一口气说了许多，还要买什么，八月想不上来了。瞅瞅五月，又说："我还要买书包，比姐姐的大。"奶奶全答应下来，说："都买都买。"

八月那个得意哦，好像那些东西已经拿在手里了。欢欢喜喜地又蹲在了那堆玩具面前，当他的"战队司令"去了。

五月也有很多东西想要。比如，小梅姐那种绣着金线子的鞋；比如李小文那种上面画着猫和老鼠，里面分几个格子的文具盒；或者，一双暖暖和和、写字一点儿都不碍事、露半截指头的手套。但心里想呀想呀，却不跟奶奶说。五月上一年级了，读书了，懂道理了，可不像八月那样啥都想要。五月开始盘算，距离爸妈回来还有多久呢？

奶奶说："现在才冬月头上，到过年，还有一个多月。"一个多月是多少天呢，五月掰着指头数一数，数来数去，把自己都数糊涂了，还是数不出到底有多少天。但数不清楚又有什么关系呢，反正，爸妈过年就要回来了。

奶奶说过，爸妈打工那地方，往南方走哇走，要走几天几夜。那地方，冬天里不用盖被子，穿件单衣就把冬天打发了。不像王家沟，冷得人直发抖。奶奶说过，爸妈打工的地方，在五月眼睛看不到的天边下面。五月心里想：也许爸妈已经提着买好的东西，坐上了回家的火车，在回家的路上了。这么想着，五月心里像揣了窝兔子，全都一齐蹦跳开了。

奶奶重新拾起活计，嘴里叽叽咕咕的，说："每年都说呢，过年要回来。到了年关上，不是火车坐不上，就是贪双份工资，回来不回来，到了屋檐下，才能作得数。"

奶奶的话，一句也没撞进五月的耳朵。五月的心里，正装着一列朝王家沟开来的火车，正"哐唧哐唧"轰鸣着呢。

挂　青

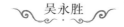

吴永胜

　　奶奶把凿好的纸钱码进背篼，那么多纸钱放进去，立刻填满了背篼的大肚子。从墙上摘下提兜，放进去几挂坟飘纸，几挂鞭炮，一块七分熟的刀头肉，三个盘子，两个酒杯，半瓶酒，提兜也满了。再到神龛子前，嘴里叽叽咕咕算过数，从案桌上点出一些香一些蜡，用个口袋装起来。另拿个口袋，装一把瓜子一把糖，一个苹果两个橘子。收拾完了，又把东西一样样点过，说："好啦，五月八月，我们去挂青。"

　　院子里，八月正和小黑对峙着呢。八月端着水枪，大半个身子藏在榆树后面，只露半个脑袋瓜子往鸡棚子瞄。鸡棚子后面缝隙里，小黑只现出了个黑嘴筒。八月说："小黑小黑你出来，我不射你了。"听奶奶招呼，八月不愿意了，说："不去了。"

　　奶奶生气了，捉住八月往屁股上拍一巴掌："你是家里的男娃呢，有儿坟上挂白纸，无儿坟上屙狗屎。敢不去吗？"

　　八月不甘心，把水全滋向鸡棚子。扎鸡棚的篾片挡了些水，还有些溅到了鸡身上，鸡便满棚子扑腾着"咯咯咯"叫。

　　奶奶背上背篼，一只手提装香蜡的口袋。提兜交给五月，装瓜子糖的口袋分派给八月。八月还生着气，手往背后一藏："我才不拿呢。"

奶奶瞪一眼八月,说:"人吃饭就得做事。"八月只好拎起口袋。都要走了,奶奶想起来了:"哎呀,火机子都忘拿了。"赶紧支派八月,进灶屋拿了打火机。

八月走前面,五月跟在奶奶身后。路曲曲弯弯,顺着崖坡向山上延展。铁线草绿起来了,在路边铺展茎蔓,像蜘蛛织的网络。走了一会儿,八月就忘记了刚才的不愉快,专走到铁线草织的网络上,专踩那绿的茎蔓。小黑跟上来了,它好像要为刚才的躲藏道歉,摇晃着尾巴,拿脑袋去顶八月的屁股。顶过了,一溜烟跑到前面,到个地角上蹲下来,回转身耷拉着舌头等。那意思好像是说看呀,我跑得多快。

八月就喊:"小黑小黑你回来。"小黑跑了回来。八月说:"你饭也吃了的,也得做事。"就把口袋放到小黑背脊上。小黑老实承受了,可步调没法和八月一致,走两步口袋就滑了下来。又放上去,走两步又滑了下来。

奶奶说:"八月呀,这世上的活物,都有自己的分工。牛耕田耙地,马驮物跑路,猪屙粪产肉,鸡孵娃生蛋。小黑可驮不了东西,它就看家护院呢。"

八月只好把口袋拎起来。小黑得了解放,一溜烟又跑了。

奶奶躬着腰,额上的白头发垂下几绺,走一步就晃一晃。奶奶说:"以前清明节,一大姓人哪怕像撒在七乡八镇的豆子,都开枝散叶结了果了,也得聚拢来,聚在同姓人的祠堂,清明会。添了男娃子的,还得提个大红公鸡来祭祖,往祠堂里添上娃的名字。"

五月奇怪了:"添了女娃的呢?"

奶奶说:"女娃的名字不写的。女娃终归要出嫁,将来就随了婆家。"

八月问:"我的名字写没?"

"哪里还有祠堂呀。你爸还没出生祠堂就拆了。"

五月正憋闷着呢,想好好问问奶奶,凭啥只写男娃名字? 这下就不憋闷了就高兴了。原来早就拆了呀,真好。

奶奶又说:"在祠堂祭过祖先了,高辈的便坐下来,裁本姓人的纠纷。"

"就像村主任一样吗?"五月问。

"一样嘛。"奶奶想一想,又说,"也不一样。"怎么个不一样呢? 奶奶却不说了。已经到爷爷的坟前了。

爷爷的坟在山坳。下面围几层石条子,上面垒着土。石缝子和土上草都绿着。坟前有块地坪。靠坟头用几块石头围个框。奶奶把盘子摆在框前,中间放刀头肉,两边放瓜子糖果、苹果和橘子。再摆放上酒杯,往杯里倒半杯酒。点燃香和蜡,插进那框里。嘴里说:"死老汉,我和孙娃孙女来看你了。"

奶奶将挂坟飘纸抖开,捡块石头,将坟飘纸一头压在坟头。坟飘纸一绺绺垂挂下来,山风吹过就轻飘飘扬,索索响。奶奶说:"你爷爷晓得我们来了,在作声气了呢。"

八月张望一回:"哪里有爷爷呀?"

奶奶说:"爷爷就在这坟山里,他说不了话嘛,就摆弄坟飘纸作个声气。"

又说："奶奶也要老的。奶奶老了,也要躺进坟山的。"

五月说："奶奶不会老。"八月也说:"奶奶不会老。"

奶奶就笑："妖怪才不老呢。"又说:"你们心里有奶奶,奶奶就一直不老。"

奶奶拿出几沓纸钱,拈几张点燃,放到地坪一角。五月八月也帮忙。八月揭起一沓纸就往火上放。奶奶挡住他,说:"得三张两张撕,多了燃不透。"可八月手笨,揭不开。奶奶做了个示范,捏纸钱一头哗哗抖,叠着的纸就散开了,就好揭了。

奶奶让五月八月去扯石缝里的草,自己围着坟山转了一圈,还好,没有狐兔挖穴老鼠打洞。转过了,招呼五月八月并排跪下,朝坟山叩脑袋。

叩了七八下,奶奶说:"起来吧。"又说:"现在人都不会磕头了。以前清明会,有人要专教规矩礼仪呢。随后端起酒杯,将酒顺着框洒了。死老汉,你慢慢喝哈,我们得去你娘老子坟上了。"

奶奶让五月八月先走开,拿挂鞭炮说:"死老汉,你晓得我不敢点,你得自己点哟。"把鞭炮扔进正燃着的纸钱堆,赶紧也跑到一边张望。

隔了一会儿,果然传来"噼噼啪啪"的炸响。

摸　秋

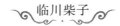
临川柴子

摸秋摸秋，抱瓜摘柚。

——民间俗语

　　香瓜似乎熟了，遮遮掩掩地藏在阔叶子下面，可是躲不过我们的视线。每天放学后我们都要到后山聚会。"我们"指顺子、平崽、大头、瘌子和我，我们是"五虎将"，村里的小害虫。

　　书包横七竖八地躺着。我们也横七竖八地躺着。头上是湛蓝的天空，身下是翠绿的草地，晚风正悠悠地吹送。大头一个激灵坐起来，拱了拱我说："看，'飞天拐'又出来了。"

　　"可不，监视我们呢。"瘌子用手背擦了一下嘴角，说道。他一躺下就流口水，这个毛病老是改不了。还不是怕我们在算计他的瓜。平崽女人似的撇了一下嘴角，这个动作总让我们忍俊不禁。

　　"可我们就要偷他的，他最坏了。"顺子说。

　　这当儿，"飞天拐"已经慢慢往这边走来了。

　　"'飞天拐'来了！"我说着便站起来想走。

　　"怕他什么？我们又没做什么，就你没用，胆子让狗吃了？"大头将我按

住,神色自若地说。

我怕他手上的那副铁拐,我们都吃过他的苦头。

"飞天拐"是我们送他的外号,他不但脚残,眼也残,一到晚上就看不见东西,理所当然地成了我们欺负的对象。

可是他凶,不但一副铁拐会吃人,眼神也会吃人。倘若被他抓住,就会看见他满脸涨红,瞪着那双夜盲眼,屈起手指扣下来,头上免不了要起几个小山包。

可通常,他是抓不着我们的,尽管他的"三条腿"跑起来健步如飞,可毕竟比我们棋输一着。我们站在他追不到的地方,看着他在喘大气,然后拍着手叫:"拐子拐,拉屎用脚踩!"

多绝妙的节目啊,它滋养着我们的快乐童年。

"我们走吧。"大头说,"不要惊动他,晚上行动。"

傍晚,大头端着一只蓝边碗晃荡到我家,将一条油嘟嘟的泥鳅拨拉到我的碗里,我无以为报,急忙夹了一把菜梗放在他碗里。

"你妈做的菜梗就是好吃。"大头边咀嚼边说。

"你要是天天吃,就不会这么说。"我说。

"也是,没爹的孩子真可怜哦。"大头装出一副悲天悯人的样子。

"去你的。"我推了大头一把。

"晚上去摸秋吧。"大头说。

"真去?"我问。

"当然,你没胆子?"大头说。

"摸个秋算啥啊,去去去。"我说。大头最懂得用这套方法对付我,我不是胆小鬼,我要甩掉这个黏人的外号。

"那就这样说定了,我就怕差你一个。"大头犹豫了一下,又将一条泥鳅拨进我碗里。

晚上,我装模作样地在灯下做作业,心里七上八下。母亲披起一件衣服叮嘱我看好妹妹,说她去看瓜,这期间有小獾子出没,这东西最喜欢啃瓜。

真是天顺我意,我正愁找不到借口溜出去呢。大头在外面学了几声猫叫,我说:"不用叫了,进来吧。"

齐刷刷的四个人站在我面前,头上戴着柳条帽,手中握着一条长裤,裤边都用绳子扎了口,如同一个天然的布袋子。大头将预备好的一顶柳条帽戴在我头上,又将一条长裤塞在我手上,然后手一挥:走吧。

立秋刚过,夜空还弥漫着挥之不去的燥热。我们像几只夜鸟扎进后山,今夜没有月亮,能见度很低。

摸到一块瓜地,大头蹲下身来,说:"就是这里。"

"不会错吧?"我问。因为看不见,我们只是在凭感觉。

"不会错。"大头肯定地说。我们谁的都不偷,就偷"飞天拐"的瓜,他是夜盲眼,不会出来的。

"今晚这么黑,夜盲对他有什么关系呢,倒是对我们不利。"我说。

"这个,我倒是没想到。"大头轻轻地一笑,"不管了,我们行动!"

我们像五只小狐狸一样穿行在瓜地里,每每摸到一只圆溜溜的香瓜,心里就喜滋滋的,我们不但偷了瓜,还解恨地扯断了瓜藤。

裤袋塞得密实的时候,我们返回到地头聚集,然后行到山坡上那片开阔的草地,这里远离瓜地,是安全地带。

几个人你捅捅我,我捅捅你,偷东西的兴奋劲儿还没有消失,然后将裤袋倒空,一个个的香瓜滚将出来,在夜里平添几片灰蒙蒙的白。

大头敲开一个瓜,我听到那脆生生的咀嚼声也忍不住敲开一个,夜空里立即响起一片脆生生的咀嚼声。

我们一边吃,一边骂着"飞天拐",当然这种骂是带着嘲讽,香瓜太多了,又不敢带回家,吃一半,扔一半,满地狼藉。

"没了瓜,'飞天拐'怎么办啊。"我有些忧虑地说。

"有政府救济他。"大头满不在乎地说。

光阴·走在眼里的风景

　　"可是他不吃救济粮的。"我说。"飞天拐"不但凶,脾气还臭。

　　"管他,就你多愁善感。"大头打了一个饱嗝,挥挥手,我们像大腹便便的熊猫一样下了山。

　　第二天,我被一阵惊天动地的哭声惊醒,那声音从后山传来,非常熟悉。

　　我慌忙往山上跑,果然看见母亲拍手拍脚地坐在瓜地里,披头散发。

　　"可恶的小贼,狠心的短命鬼,你偷归偷,不该扯断我的瓜藤啊,哦啊啊……"

　　我的心像被谁揪去了一块,想起了即将到来的九月,我饥荒的九月……

少年小开

临川柴子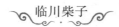

太阳落到山的另一边，西边的天空布满彩霞。他就染了一身霞彩，款款向我走来。

风吹起他的衣襟，吹动他凌乱的头发，他清俊的脸上挂着落寞，冷冷地打量着这方陌生的土地。看到我，孤傲的嘴角浮出一丝笑容。

这是我第一次看到小开，少年小开和全家一起从异地迁回故乡。

小开的到来，让我和红旗心生警惕。

红旗长得孔武有力，是村里的孩子王，他一开始就对小开充满敌意，或许是小开的冷峻和淡定让他不安，让他仇视和警惕。小开不懂拉帮结派，只是独来独往，冷漠得如同远山上的一片白云。他一回来就抢了我在班级里的地位，让我恼火。

我的数学得到了九十八分，小开是九十九分，我恨得牙痒痒。

"考得那么好还哭啊。"放学路上，小开有意和我搭讪。我有点奇怪，他平时总是独来独往。"你不是考得更好吗?"我白了他一眼。

"嗨，我白高兴了一场，老师看错了题，明明错了却算我对。你看，就是这道文字题，我已经让老师改分了。你还是第一呀。"

"我才不在乎这个呢。"我言不由衷地说。"那你在乎我们做朋友吗?"小

开很认真地看着我。

"当然。"我也认真地看着他,我知道,我心里一直就不拒绝他,拒绝他的是红旗。

红旗通知我孤立小开,他说全村的孩子都这么做了,"孤立"是红旗惯用的伎俩。我也曾被孤立过,所以知道孤立的伟大和被孤立的痛苦。

"孤立我?没想到红旗这么大的人了还这么幼稚。"小开一如既往地淡定。

"红旗就这种人,看不惯谁就孤立谁。"

"他以为他是谁呢,你也要孤立我吗?"

"如果我要孤立你,就不会跟你说这些了。"

"那不就行了,你不孤立我,这样你要背叛红旗了。"

"红旗算什么,像个笨熊。"我第一次说话这么斩钉截铁。

小开一下子抓住我的手,抓得很紧。

放学路上,红旗像一座铁塔一样挡住我们的去路。

"只要你离开小开,你还是我们的副司令。"红旗对我说。

"去你的副司令,我才不稀罕哩。"我和小开相视一笑。

"怎么?找到靠山了,说话这么硬气?"红旗用力一推我的身体,我立即后退了好几步。

"红旗,你想怎么样?"小开挡在我的面前。

小开并不比我高出多少,也和我一样清瘦,在身体发育良好的红旗面前,我们像两枝瘦弱的野蒿草。

"怎么样?老子早就想揍你!"红旗说话的瞬间已出拳,一拳"咚"地砸在小开的胸口。

小开怒吼一声,像一只小老虎扑了上去,那是我从未看到过的小开,他的脸上写满凶悍与野蛮。我也扑了过去,和红旗撕扯着,纠缠着,不依不饶。

结果,眼青鼻肿的我们成了最后的胜利者!

没有红旗的掺和,我们的生活更快乐。我们一起上学一起放学,一起养蚕宝宝,本来以为友情一直可以延续下去,我却要随同全家一起迁走了,命运总是喜欢捉弄人。

我和小开在江边堤坝上诉说离情,远处红旗一伙在无忧无虑地玩水。

呼救声就是在这时响起的,一个人在水中无助地扑腾着,像只快要断气的公鸡。

"是红旗!"小开"霍"地一下站起来,我却拉住他,我知道红旗经常故意这样伪装,他水性很好。

但是小开挣脱了我,我看见他向红旗游过去,红旗像抓住一根救命稻草一样地抓住小开,我看见他们在水中纠缠,最后,红旗水淋淋地被托上岸,小开却没有上岸。

河水依然平静地流着,只是,带走了小开。

很多年,我没有回过故乡,因为我无法面对那样一条河。

我回避它,回避一段不愿提及的往事。

很多年后,我可以平静地和河流对话,我听到风中的低吟,那是多年前熟悉的声音,难道说他依然在河边,做了河的守护神?

我只知道从那年后,河水再也没能带走过一条生命。

我看到过长大的红旗，他在河岸边建了一幢小楼，只是当他注视河面时，我知道他是决然不会想起什么的。他看到我的时候露出熟悉的笑容，殷勤地请我上他家做客。我看到他空阔的大嘴里有黄色的牙齿和绿色的菜根，突然知道，这么多年了，我依然无法消除对这个人的厌恶。

那次搬家，在阳光下翻晒东西，看到两样东西，我久久不能释怀。

一张泛黄纸张上的蚕卵，我奇怪这么多年过去了，为什么没有长出蚕来？

我以为蚕化成了飞蛾，就飞得无影踪，却不知道蚕会留下它的种子。一个人，当他不再在这个世界上生动地舞动他的身影，一定也会留下一些经久不息的记忆，温暖另一个人的寂寞。

一张照片，也已经泛黄了，被儿子看到，惊讶地叫了起来："爸爸，这是以前的你吗？好帅哦，好像吴奇隆！"

我没有回答他，把长得像吴奇隆的小开，小心翼翼地储存在我记忆的文件夹中。

乳　名

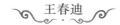

王春迪

　　乳名？谁没乳名呢。

　　可在鲁东南地界，人的乳名却只有一个字。貌似胡喊乱叫的称呼，细打听，还都有点儿来历。例如有个人，生下来时就没了气，家里人以为他跟着小鬼走了，打算去乱坟岗里扔掉，不想半路上又活过来了，于是取了个小名就叫"撂"；有人是在他娘正拔葱的时候生的，后来家里人就叫他"拔"；还有人出生时，恰巧外面正在打井，得嘞，那就叫"井"吧。

　　老街首富海爷，他的乳名叫"换"。说起这名儿，话就长了，得从他娘桂芬十六岁那年的一次经历说起。

　　那天早上，桂芬正在晒席，爹告诉桂芬："家里头有点事儿，你得去别人家住两天，待会儿有人来带你。"桂芬问去谁家，她爹说："去了你就知道了。"桂芬也没多想，从晾衣绳子上顺手收了两件换洗的衣物。

　　不一会儿，来了一个男人，约莫二十几岁，瘦长个儿，老实巴交的样子，也不进屋。家里人见到他，也不客套，爹拎着油黑的茶壶吊子问男人："喝点儿水吧？"男人说："不了。"然后就在大门外等。男人带她走的时候，父亲给了他一个红色的木箱子，很好看，桂芬指着箱子问爹："这里头装的是啥？"爹没答她的话，一挥手："快走吧。"

路上，桂芬问男人话，男人只顾往前走，有一搭没一搭地回着，男人从兜里掏了两个煮鸡蛋给她，还热乎乎的，像是人的手心。桂芬也没客气，两口一个吃掉了。桂芬觉得他力气很大，偌大一个箱子，在他胳膊底下，像夹着一只小鸡。有几回，男人偷偷瞅了她几眼，桂芬觉得不自在，干脆把头扭到了一边。

到家了。男人家很破，桂芬问男人："俺睡哪儿?"男人指了指里屋，黑魆魆的，泛着一股子柴火味儿。桂芬后脚刚进去，门就关了，任凭桂芬在里头害怕地踢打喊骂。桂芬气得要砸东西，但屋里除了床和桌子，连个像样的东西都没有。就那张桌子，细看还断了一条腿，改用砖垫起来的。喊了半晌，桂芬累了，男人从门缝里递了个碗给她，碗里卧着两个水煮荷包蛋，桂芬一扬手，泼了。

不知过了多久，桂芬睡着了。睡梦中，桂芬听见外面堂屋里有人说话，细听，是她爹的声音!"爹，救俺! 爹……"桂芬哭喊着。不想，桂芬一哭，外面反而没声了。透过门缝，桂芬隐约看到一个和她差不多大的闺女，怀里也抱着一个箱子。

三天后，门开了。

带她来的男人进了门，一手端着饭，一手端着水。男人瓮声瓮气地告诉桂芬："俺叫李顺，家里人都叫俺'栓'，这是俺家，以后这也是你家，俺会好好对你的。"

没等李顺说完，桂芬一把推开他，冲了出去。堂屋、院子里全是人，老老少少的，桂芬一个也不认识。

桂芬怔了半晌，随后，回身将李顺手里的饭和水一夺，径直回到了屋里，把门关了。紧接着，一个老妇人呜呜哝哝地骂。人多，听不清嚷嚷啥，倒是听到有人在一旁说："莫急，莫急，过几天就好了，过几天就好了……"

屋里，桂芬大口大口地嚼着饭，也不管是啥，直往嘴里塞。

"不吃饱，晚上你哪有力气跑回去?"桂芬对自己说道。

　　门没锁,半夜里,桂芬很容易就跑了出来。桂芬边跑边回头,没见有人吆喝着追过来,桂芬一喜。她打小就记路,借着月光,没咋费事儿就摸到了家。

　　到了家门口,桂芬哭着敲门。透过门缝,她看见了房里的油灯亮了,可愣没人给她开门。桂芬依稀听到里头有人说话,像是爹的声音:"闺女,是俺对不起你,你在那里好好过吧,听话。"

　　左邻右舍,平时亲如一家的婶子大娘,此时,却没有一家开门。桂芬扯着嗓子号哭,瘆得整个村子的狗都叫了起来,却不见一个人影儿。

　　桂芬带着眼泪睡着了。睡梦里,桂芬好像坐在了一条船上,阳光洒遍全身,船四处漂荡。正漂着,桂芬听到有狗的叫声,河上哪来的狗? 想到这里,桂芬醒了,睁开眼,桂芬发现自己正趴在男人的肩头上,男人正背着她往家走。桂芬想挣他,手上却没劲儿。桂芬张嘴咬他,可任凭她怎么咬,男人手也不松,脚也不慢。

　　随后的日子里,桂芬仍旧半夜里隔三岔五地偷跑回去,起先是哭,后来便是骂,骂她爹是骗子,骂她哥没本事。门上贴的红双喜,被桂芬撕得粉碎。有一次,桂芬听到院子里也有个女孩在低声哭泣。桂芬知道,她是那男人的妹妹,只因两家都穷,互换给对方哥哥做老婆。

　　每回,桂芬哭得睡着了,都是男人背她回来的。桂芬后来才知道,自己

偷跑出来时,男人总是在不近不远的地方跟着她。她趴在家门口哭骂,他就躲在一旁等着,等桂芬累了,睡了,男人就把她背回家。

终有一次,桂芬醒时没有哭闹,而是静静地趴在男人的肩头,看夜空。桂芬发现夜空真好看,月亮美,星星亮,萤火虫鸣,蛙声低唱,自己像是卧在一条船上,船晃啊晃,晃啊晃,桂芬又睡着了。

从此,桂芬夜里再也没有跑回来过。

一年后,桂芬生了一个男婴,家里人让男人取个小名,男人说:"问他娘吧,她说叫啥就叫啥。"

桂芬躺在床上,身底下全是汗。桂芬摸了摸哇哇大哭的孩子,寻思了半天,说:"就叫'换'吧,叫'换'好了。"

桂芬说完,把头扭到了一边,她的眼里全是泪。

银　子

王春迪

到村口了。

东子看到自己家的屋顶,忍不住按了按缝在棉袄里的几块银锭,硬邦邦的银锭此时好似一颗颗热乎乎的心脏,东子甚至能感觉到它们在扑通扑通地跳。

离家三年当学徒,东子终于成了海爷府上的伙计,这是东子第一次把挣来的银子带回家。

老街上有句话——家有千两银,不如海府有个人。老街的爷儿们说:"在海爷府上做事,出了门,自己有脸,父母有光!"那年月,堂堂县令的年俸,不过白银四十两。海爷府上一跑腿的伙计,嘴上没毛的孩子,一年就挣五十两!这还不算平时海爷府上逢年过节主子过寿的赏赐。店堂伙计的膳食,更是少有地富阔,海爷有规矩,铺子里每月逢五逢十打牙祭:喝的酒,有茅台汾酒、状元红、竹叶青;饮的茶,有龙井、毛尖、普洱、碧螺春;吃的主食,有蒸饺、米饭、烧卖、手擀面;还有那荤素菜品、鸡鸭鱼鹅、炉食小吃、点心干果……次次不重样,回回有翻新。正因如此,每每海府招学徒,里外闹腾得就跟科考张榜、皇家招婿似的,那叫一个热闹!

然而,最终能留下来的,不过十之二三。

东子凭着他的机灵和勤快,不仅当上了铺子里的伙计,还成了铺子里的"站栏柜"。跟着店掌柜,打算盘、记账本、唱读收支……远看,活脱脱一个小号的掌柜。这不,临近年关发工钱,连挣加赏,东子足足得了六十五两,伙计当中,数他得的多!

一进家门,东子连水都没喝,门一关,便跟变戏法似的,从包袱里将带来的东西,一件一件摆在了他娘面前。

和盛昌的布料、瞿家的糕点、牟老三的冰羊肉、正德堂的膏药……东子把老街上有名的玩意儿,能带的都带来了。东子一会儿喊一声"娘尝尝这个",一会儿叫一声"娘试试那个",弄得东子娘嘴巴里一时间不知道塞什么好,想笑,嘴都咧不开了。

这时,东子转身朝窗外张望了一番,而后将自己衣角一顿撕扯,伴以一阵似卵石相撞的"叮咚"之声。东子娘还没明白过来呢,东子已将衣服里的银锭捧到了他娘面前,东子压低了声音说道:"娘,你看看这是啥!你看看呀,咱有钱了,咱现在有钱了!"

东子娘一愣,当时没敢摸。过了半晌,才颤巍巍地接过东子手里的银子,如同捧着一个初生的婴儿。庄户人家哪里摸过这么多这么大的银锭?东子娘的脸贴在银锭上,或闻或敲或碰或掂,转着圈儿地瞅。

与此同时,东子开始滔滔不绝地说起如何花销这些银子。

东子说,年后,他要翻一翻家里这个旧房,屋里屋外,铺遍青砖红砖。东子又说,年后,他要给娘雇两个丫头,一个给娘洗衣服做饭,一个专门给娘捶背说笑带娘遛弯儿。东子还说,年后,他要带娘去趟老街,像老街上的老太太一样,听听老街的戏,看看老街的景……

东子嘴巴说得正热,却不料,正笑着的娘,忽然把银子往桌上一丢,捂着脸,哭了起来。

东子愣怔片刻,寻思着,娘这是高兴呢。毕竟,熬了大半辈子的苦日子,如今终于见到自己的儿子有出息了,喜极而泣,在所难免。所以,东子也就没怎么劝她。

半晌过后，娘把脸上的鼻涕眼泪抹了抹，捏着一块银锭，哑着嗓子嘟哝道："银子啊银子啊，你咋到现在才来呢？你咋不能早一点儿到咱家呢？你现在来，还有啥用……"

东子笑道："娘，你咕哝啥呢？"

东子娘捏着银锭，泣不成声道："当初，要是有这块银子，哪怕是半块，你爹也不会为了一袋小米，跟人打赌吃癞蛤蟆毒死；你哥呢，你哥也

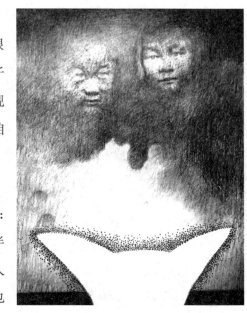

不会因为没钱抓药，活活病死，死的时候，身子比一只鸡还轻；还有你姐，多好的妮子，被卖到了几百里外的李员外家。你姐可怜啊，打小在这个家就没吃过一顿饱饭。我这些年，老是梦到你姐跟我哭，说在那边受欺负，可又能咋办？当初哪怕有一点儿活路，也不至于把你姐卖个只卖不赎的死契！东子啊，你说现在我有这些银子还有啥用？还有啥用?!"

东子娘越哭越收不住，一撒手，银锭咕噜咕噜滚了老远。东子没去捡，扑通跪倒在娘的怀里，娘儿俩抱头痛哭。

银　笛

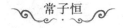

常子恒

"小姐,可以给我买杯咖啡吗?"一位皮肤黝黑的老人突然出现在我面前。

那是我作为交换生来到芝加哥读书的第一个学期。每天午后,融融的阳光与地面形成四十二度夹角时,我都会一个人踱着慵懒的步伐到家附近的一家咖啡屋坐一坐。小小的店,装潢并不新颖,四面墙壁泛着淡淡的鹅黄。阳光透过西北侧的玻璃,打到墙上唯一的装饰物上:一张旧芝加哥城的鸟瞰图。店里除了缓缓氤氲起的咖啡香气外,若是还有什么值得注意的景象,便是这位不时出现的黑色皮肤的老人,和他手中握的那支银笛。

我稍稍迟疑了一下,说:"可以啊。"

老人说了声谢谢,沉重的嗓音略带沙哑。我到前台点了一杯咖啡,老人便将手中握着的笛子收进了袖子里,在我对面坐下,和我一起等。我抿了一口眼前的咖啡,静静打量着老人。

尽管只是晚秋,在枫树间张望的松鼠还嗅不到冬天的气味,老人却喜欢把自己裹在一件带着灰尘的深色风衣里,头上戴一顶灰色的棉帽。他穿着深灰色的破旧亚麻裤,脚蹬一双黑色的靴子。皱纹已经爬上了他的眼睑,稍带油腻的黑白夹杂的头发凌乱地趴在他耳际。他身上唯一惹人注意的,就是那支擦得格外闪亮的银笛。银笛在阳光下安静地反射着光芒,某种程度上点亮了老人那可谓灰暗的装束。

"你是韩国人吗?"老人问道。

"我是中国人。"我平静地回答。

"哦……"老人顿了顿说,"中国是个好地方。"

之后,我们便沉默着。老人从袖子里抽出那支银笛,久久地凝视着,深邃的双眼凹在深陷的眼眶里,带着几丝黯然。

"您的咖啡。"一位年轻的女服务员带着微笑打破了尴尬的气氛。朦朦胧胧的雾气缓缓升起,随即又散开,缭绕在老人布满皱纹的脸上,片刻便消失不见了。

"那支笛子很漂亮。"我试图找一些话题。

老人迟疑着,慢慢地搅动着眼前的咖啡,让咖啡上那层浅浅的奶昔形成一个美丽的螺旋。老人放下小勺,将那支银笛放在腿上,双手合成一个拳头。

"是我妻子留下的。"老人开口了,"她去世半年了。医生说她是中风去世的。但我知道,她一直都在,在笛声里。"老人说罢,低下头抚摩着银笛。

老人喝了一口咖啡,接着说:"葬礼之后,我每天都去妻子的墓地,为她吹奏笛子,一曲又一曲。后来,我离开了家,去了很多地方,都是我妻子生前想去的地方。每到一个美丽的地方,我都会待上一段时间,走一走,吹一吹笛子。我想象着,我的妻子就在我身边。"

老人望着窗外渐渐落下去的太阳,深深地叹了口气,说:"近来,我感到,我走不动了,我太老了。"

我伸出手,握住老人颤抖着的双手。片刻后,我轻轻地说:"我能请您喝咖啡吗? 每天,这个时候?"

老人听罢,含笑点了点头,他并没有抬头看我,只是用右手拍了拍我的手背,说:"谢谢。"

光阴·走在眼里的风景

我不明白，当时我为什么会说出那样的话，或许在我潜意识里只是想让他感到一种温暖———一杯热咖啡的温暖。

后来，午后融融的阳光与地面成四十二度夹角时，我都会等来两杯咖啡，还有那位老人。我们交谈很少，但面对面喝咖啡时，我们会传递一个眼神或微笑。老人的微笑，让我很开心。我不再觉得，那天我的邀请有些莽撞，我做对了。

而且，我注意到，老人的微笑越来越多了。

又一个晴朗的下午。我从学校出来，迫不及待地赶到那家咖啡店。老人似乎还没有来。我便坐在我们的位置上等着。

女服务员走了过来，手中拿着一个纸袋。她问我："你是在等那个拿着银色笛子的老人吗？"

"是的，"我说，"他来过了吗？"

"是的。他今天来过了，他说他以后不会再来了，托我把这个交给你。"

她把纸袋递给我，我打开一看，是那支银笛。

——他离开了，他不想当面和我告别。

那天我依然点了两杯咖啡。我喝着浓浓的咖啡，仔细端详着那支笛子。银光闪闪的笛子，造型有些独特，不似普通笛子那般圆滑，却也别具一格。

我用手拂过笛子的表面，突然摸到了什么奇怪的东西。我再摸过一遍，那个奇怪的略微突出的东西在笛子背面四分之三的位置——老人常握的那个地方。

我将笛子转过来，在夕阳最后一抹余晖的回照下，我瞪大了双眼，看得分明：那是一个银色的小巧玲珑的扳机，旁边歪歪扭扭地刻着三个汉字：谢谢你。

走在眼里的风景

游　睿

虽然叫不出女孩的名字，男孩还是觉得，自己该和女孩发生点儿什么了。

每次路过步行街，男孩都会遇到那个女孩。女孩在步行街开了家服装店，生意似乎很好。但男孩每次路过的时候，女孩都会站在门口。女孩很漂亮，爱笑，有对可爱的小虎牙。

男孩是有女朋友的。男孩的女朋友在一家理发店上班，同样是一个爱笑的女孩子。男孩之前一直很爱自己的女朋友，每天上班和下班，男孩都会等着自己的女朋友一道走。有时候，男孩会体贴地给女朋友提包，给她买冰淇淋，或者给她擦脸上的汗水。男孩的女朋友喜欢挽着男孩的手，然后一起路过步行街。男孩就是在那时候发现女孩的目光的。

男孩发现，女孩看自己的目光很专一。好几次，男孩走了好一段距离之后回头时，仍然看见女孩的目光贴在自己身上。男孩的心里，渐渐就多出了些想法。

有时候，男孩也会一个人路过步行街。他同样会看看那个女孩。女孩似乎已经掌握了他会在什么时候路过，每次都站在门口。他们并不说话，只是睁大眼睛看着彼此，走了很远之后还在看。偶尔，他们还会像老熟人一

样,远远地冲对方笑一笑。

渐渐地,男孩的脑子里对女孩的记忆就深刻起来。男孩发现,女孩从来都是一个人站在门口。她有没有男朋友呢? 不知为何,男孩希望没有。

男孩开始不怎么爱去接自己的女朋友了。他更喜欢有意无意地穿过步行街,看看那个女孩。可是,男孩却不知道女孩的心思。于是男孩决定试探一下。于是连续几天,男孩都刻意不从步行街路过。他远远地躲着,看见女孩一次又一次在门口张望,直到天黑了,才失望地关上门。而几天后,当男孩和女朋友再次出现在步行街的时候,他看到了女孩久违的眼神。女孩的目光里竟有着一丝欣慰,那目光一直贴在男孩的身上。

第一次,男孩和女朋友吵架了。男孩自己也不知道,是不是因为那个女孩。但他清楚地感觉到,自己对女朋友的爱已经不再专一。尽管,大多数时候,女朋友还是和他一起上下班。

男孩想,万一自己和女朋友分手了,他一定向那个女孩表白。

没过几天,男孩又和女朋友吵架了。女朋友说:"你对我越来越不好,我们分手吧。"男孩想了想说:"那就分吧。"

男孩依旧经常路过步行街。只是,一直都是一个人了。女孩依旧看他,只是,目光里好像多了分期许。男孩的心为此激动不已。于是他决定找个机会表白。

那天,男孩特意穿了套新衣服,头发梳了又梳。他第一次走近了女孩。男孩说:"我可以找你聊聊吗?"女孩莞尔一笑,说:"好呀,正好,我也有事跟你说。"

站在女孩面前,男孩竟然有些扭捏了。女孩看了看男孩说:"你先说吧。"

男孩说:"还是你先说吧。"

女孩说:"你女朋友呢,怎么没看见她了?"

男孩说:"分手了。"

男孩还想说,正是为了你才分手的。但男孩还没说,就看见女孩脸上露出吃惊的表情。女孩说:"你们怎么分手了呢? 你们怎么能分手呀! 这下惨了。"

男孩也吃了一惊,男孩说:"怎么,你很意外?"

女孩说:"你们关系不是很好吗? 我一直都很羡慕你们,把你们当成恋爱的榜样呢,你们怎么能分手呢?"

男孩说:"是真的,我们真的分手了。"

女孩又说:"惨了,惨了!"

女孩话音未落,另外一个男孩走了过来。这个男孩哈哈一阵大笑,然后在女孩的脸上亲了一下,狡黠地说:"怎么样,这回你总得承认输了吧,下个月的衣服和碗你洗定了。"

男孩呆若木鸡。

老 东

苏 北

　　老东是荡子的朋友，也是我多年的朋友。我和老东认识起码有十几年了，可多年后才叫出他的名字。即使叫出名字，也不是很熟悉。其实每次聚会都少不了老东，可整个晚上，老东不说一句话，只眯着眼微笑。人坐在那里，吃东西，喝酒，可一句话也不说。别人说呀笑呀，也根本感觉不到老东的存在。老东就那么默默地存在着。

　　老东写了不少年的诗。从韩东、北岛时代即开始写诗。他写的一首诗曾在朋友中广泛流传，我至今还记得几句：

　　　　我在城市的郊区，

　　　　认识一个陌生的女人，

　　　　我带她穿过整个城市，

　　　　来到城市的另一头，

　　　　她为我生了一个孩子，

　　　　是个哑巴。

　　这首诗是大白话，可是里面似乎有些东西。它让我想起一部意大利电影《海上钢琴师》里主人公最后的道白："城市有无数的楼房/数千条街道/你拥有你自己的一块土地/一个女人/一扇窗户及窗外的风景/一种死的方式。"这样的道白同样是震撼人心的。

老东在水电部门工作，好像是个会计。他的家庭情况我们一概不知，因为他从来不说，也不带我们见他的老婆。有人见过，都说他老婆长得很好看。可老东早年的恋爱是真费劲。因为他不说话，多年没有女朋友。曾经他似乎爱上过一个女孩。那女孩据说在省城工作。究竟在省城哪里工作，我们都不得而知。但是那时候他每个星期都从我们生活的小县城到省城去一趟，说是会女朋友。老东背着个黑色书包，往车站去，别人见了，说："老东，到省里见女朋友去?"老东笑眯眯，表示"是的"。后来时间长了，总不见他带回女朋友，于是有消息灵通人士说：老东在省城根本没有女朋友，他只是认识老家县里的一个女孩，可那个女孩根本看不上他；老东到省城，也并不去见那女孩，只是在城里转一转，就回去了。老东所谓的见女朋友，仅仅如此。老东是要面子的。

后来我离开了县城，与县里的朋友渐渐疏远，自然与老东也慢慢失去了联系。我们在生活中打拼，每个人都不容易。为养家糊口，我四处飘荡多年，终于又回到了省里。不久前我回县里出差，约荡子和老东吃了一次饭。老东依然那样，根本没怎么老。一桌的人说呀笑呀，老东却默默地坐着，吃东西，喝酒。老东的酒并不少喝，也不要人催他，所以别人也省了为喝酒与老东费那些口舌。别人说了许多黄段子，一桌人笑成一团。老东也只是咧咧嘴角，算是笑了。荡子说："葛优吃饭期间上厕所，回来裤子湿了。朋友问葛优。葛优说'经常'，朋友不解。葛优说：'经常旁边有人撒尿，突然转身大叫，哎！我操！这不是葛优吗?'"老东听了大咧了一下嘴，算是整个晚上笑了一回。

饭后去唱歌，十几个人，男男女女，一群人乱吼一气。大家借着酒劲，也有借酒盖脸胡作非为的。可老东一个人稳稳地坐着，不唱歌，也不跳舞，依然笑嘻嘻的，显得很高兴的样子。其间荡子对我说，他找了一个女朋友，老东见荡子找了，便也找了个女朋友。可老东一次也不带出来见人。荡子对

我说:"老东纯粹是要面子。"这让我想起明朝的一个诗评家,当时有纳妾的风尚。他见自己的许多朋友纳妾,便也花钱买了四个小妾。可这位老兄也是一次不用,来了朋友,让这四位小妾出来展示一下,就算完事。这也是一个要面子的人。老东算是这位老兄的翻版。

听荡子说完,我忍不住回头望望老东。老东依然稳稳地坐着,像一截树桩,或者一座雕塑,默默地坐在那里,一动不动。我忽然想到:老东其实是一只千年老龟,耐烦、守静,别看他稳稳地坐着不动,但他却是最有灵性的。

行　者

陈　毓

　　小满时节，地里的麦子一天天黄熟了。麦子的气息、草籽的气息在田间飘荡；新生与衰腐、成熟与死亡在大地上同时上演。

　　对于麦子，眼前是一个短暂等待的过程，等待收获。田地里还可见到栽种晚玉米的农人。土豆开花正欢，早种的玉米已经高过脚踝。

　　行者走在路上，于大地原野、村庄瓦舍，他是过路人。在路上，他与庄稼、树、其他植物，偶尔跳上道路的野兔、雉，甚至那条刚刚爬出麦田吃惊地向他昂着脑袋的花纹斑驳的蛇，短暂相遇，匆忙分开。偶尔和他同行一段的人、田间劳作的人、地头歇息的人搭话，他们询问他的来处和去向。他们问，他答，之后走开，走远，相忘于道上。他走国道，上县道，行乡路。他灰尘满面，疲惫黢黑，饥肠辘辘。这就是他的此刻、他的现在时。

　　行者离家、离开他的城市、离开妻子第五天了。五天如五十天。时间在这里拉长、被填充，密度发生变化，长度也仿佛变化，他需要费力回顾，以免被巨大的恍惚感覆盖。

　　五天前，他忽然决定徒步旅行，沿着秦岭在陕西境内这一带，环山走。家人朋友听说后，一致反对。放下生意、家庭去徒步，瞎行走，纯属吃饱了撑的。一致的反对意见恰巧击中他的要害，勾勒出他那莫可名状的心。吃饱

了撑的之后呢,得消化那"撑"啊。他很认真地回答质疑者,他患了消化不良症,他能想出的徒步行走就是他治愈疾病的方子。

在路上,他琢磨"吃饱了撑的",联想到撑的反面是"瘪",是饥饿。是的,他很久不曾体验饥饿的滋味了,"饱"使他倍感肉身沉重,却又不时感到沉重的肉身中那巨大的虚空。它形而下,又形而上,具体,却又如此虚无,成了他灵魂的空悬之所。他不知那些空缺会由什么人、什么事、什么物来填充,他希望于无聊中找到希望,在空虚处找到寄托。

于是他上路,劳苦身体。在一天天增加着热度的季节上路,像寒冬在冷湖中洗冷水澡,都是训练。

第一天,他收获用脚行走的艰难。道路尘土飞扬,他在骄阳下,浑身臭汗。臭死了,他甩着指尖上的汗珠子,对自己说。腿疼,背疼,浑身无一处不疼。脚更是不堪,只一天,走了四十里地,柔软的鞋子就能磨破皮肤。夜里用针挑着水泡,他龇牙咧嘴,像是哭,又像是笑。

如死般睡去,再醒来,在隐约的疼痛中,有异样的感觉如一阵风,在心上跑过,在肌肤上跑过。他看镜中的自己,像是有点肿,比昨天胖大,但心里的某个地方,像是被水洗过,清澈见底。

他继续上路。这次他体会到渴。渴使他关注庄稼,关注河流。他远远目测,设想树木茂密的地方有河流淌过。庄稼比人强韧,似火的骄阳下,他打蔫发飘,麦子却吱吱冒热气,连他这个"人"都能听懂麦粒中汁水的涌动。他小口喝水,水跌进肠胃,唤起"叽叽咕咕"的鸣音,一阵强烈的饥饿感让他痉挛。那痉挛唤起的不是难受,反而是愉快。他把身体拉长,深呼吸,田野混合着麦子、艾草、树叶、花朵的香气,穿过尘土味,扑进他的鼻腔,胀满他的肺腑。

他珍惜饥饿感,在心里嘀咕,求饱和求饿,哪个更容易?他知道心思不能和外人言,知道说出来比笑话过分,好在他独自在路上,自己的问题自己解决。

饥饿感一浪浪涌来，他以为不能忍受，但随后饥饿感慢慢削弱，他不那么饿了。他只记得没吃东西。他继续走在路上，想要弄清身体能和长路对抗多久，能启示他什么。

傍晚，他走到了一片辉煌灯火的边缘。他在一个看得过去的门店前停住，叫了一碗汤面。他听见肠胃一声号叫，惹得周围座上的吃客都笑了。笑过之后倒没人来搭理他。他感到心安，同时又有点寂寞。他确信自己的心思越来越多，也越来越敏感。

他以为自己会吃很多，但一碗面没吃完他就觉得饱了。他放下饭碗，同时心里自语，人对食物、对物质的要求竟然如此有限。

他早早歇息，他的身体做他头脑的主。他感受得到身体的自我调整与修复，再一次上路的时候，他感到脚步有了弹性，有了收放自如的协调感。

在路上，继续走，走到哪里呢？他现在似乎有了目标——在那个返回的念头占据他内心的时候，他就回返。

白天他的手机总是关机。第一天他多么心慌啊，需要强加抑制，才能不去开机。熬到夜里打开手机，他看到二十条微信提示，其中两条是妻子问他是否平安，另外十八条是发自朋友以及生意伙伴的，不那么幽默不那么好笑的幽默和笑话，更多的是询问，问题几乎一致：真走了？还有一条是公司秘书的，消息让他宽慰，她不再如最初听见他的计划那样惊讶阻止，而是现在这一句：安心行走，我来断后，路上安！

而这一天，打开手机，除了一两条"走到哪里了"的询问，就是妻子那句：路上安。他莞尔一笑，收起手机，放倒身子，立即陷入一片无知无觉的昏黑的睡眠中。

放蜂人

王 往

　　放蜂人跟着春天跑,他们的日子在地上也在空中:花朵和蜜蜂是他们的情人和财富。

　　现在,他们来了。农用小卡车裹着春风驶过乡村土路,到达了一片果园和菜园交接地带,卸下近百个蜂箱,放蜂人一家三口,男人、女人和孩子站在高处,环顾四周,对这个叫盐码的村庄极为满意。这个地点是他早就寻访过的蜜源,是花朵的世界,也是蜜蜂的天堂。瞧,村庄的南边是大片的果园,桃子、梨、苹果,还夹杂着少量的杏、李子。桃花正艳,梨花初绽,红的粉红,白的雪白。它们将与蜜蜂签下一个芬芳的契约,它们将一拍即合,取得双赢:你为我授粉,我为你供蜜。再看村庄的东边西边和北边,完全陷入了油菜花的包围之中,其间夹杂着半紫半白的蚕豆花。它们纵横相连,排兵布阵,以压倒性的气势给放蜂人信心:你不会白来,你将在这里收获很多。除了这些,盐码村人家的屋前屋后还有很多槐树,一串一串的槐花悬挂着,组成了洁白的瀑布,香气扑鼻,好像对放蜂人说:我们一棵槐树抵上一大片油菜花呢。

　　放蜂人被这里富足的蜜源迷醉了,他们被春风吹得粗糙的脸上露出舒展的笑容。他们开始忙碌了。搭好帐篷,摆好锅碗瓢盆,就此安营扎寨。

大好晴天是放蜂人永远的期盼。灿烂的春光里，他的蜂群倾巢出动，在方圆几公里内展开它们适宜而辛苦的劳作。若要装满它们那小小的蜜囊，它们要采上千朵花。放蜂人经常不断地从蜂巢中取走蜂蜜，导致蜂巢中的蜂蜜始终处于匮乏状态，这样，工蜂就会不停地出去采集花粉，酿制蜂蜜。和它们的命运一样，放蜂人辛苦得来的收入，也同样会被各种支出耗尽，同样年复一年地奔走在谋生的路上。世间万物的命运何其相似。如果人们明白这一点，是不是可以活得更从容？是不是能以"自然之子"的心态给万事万物更多的爱？

放蜂人沉默着，人们没有听到他们发出什么感叹。人们只看到他们戴着防护纱罩，清理蜂巢，刮取蜂蜜，一日日地重复劳动。

但是盐码村的人和他们也不是一点儿没有接触，那就是他们零售蜂蜜时。一旦接触了，他们的话就多了，告诉你蜂蜜对人有什么好处，哪些蜂蜜才是最好的，他们会舀一勺新鲜的蜂蜜让你品尝。

小焕子去买蜂蜜那天，给她舀蜂蜜的是放蜂人的儿子，那个和她一样大小的十五六岁的少年。

少年问她："要不要尝一勺？"

小焕子摇摇头，奶奶从不让她占别人一点儿便宜。

少年又问："买多少？"

小焕子说："就买一瓶吧。"然后问少年："我奶奶老是咳嗽，人家说吃蜂蜜管用呢，到底管不管用？"

少年说："管用，最好是把白萝卜煮了，再捞上来拌了蜂蜜，吃上两三天就可以。"

小焕子说："这么神奇啊，那快给装上一瓶吧。"

少年给她装一瓶，称也不称，向不远处的父母看了看，有些诡秘地说："我就收你十块钱吧，快拿走。"

小焕子回去后，邻居说："这么一瓶子蜜才十块钱啊，我那天买的比这个

少多了,还花了二十多块呢。"

奶奶连吃了两天煮白萝卜拌蜂蜜,果然不咳嗽了,小焕子开心死了。她拔了一些青菜,又拿了十几个鸡蛋给少年送去。她知道他们放蜂人吃得都简单。

少年说:"我不要你的东西。"

小焕子说:"拿着吧,人家说你少收我蜂蜜钱了。"

少年笑笑,轻声道:"别说了,让我爸妈听见就不好了。你奶奶多大年纪了?"

"七十一了。"

少年说:"我奶奶七十九了,我们出发那天她也咳嗽了,不知道现在怎么样了。"说完,目光投向了别处,好像他奶奶就在附近站着似的。

十多天后,放蜂人走了。小焕子站在他们原来搭帐篷的地方,有些难过,心里责怪那个少年不跟她打一声招呼就走了。就在她要离开时,发现地上有一只慢慢蠕动的小蜜蜂,她把它拿到手心看着,发现小蜜蜂的翅膀好像被什么粘住了,她将它捧回家,用针头轻轻地分开了它的翅膀。小蜜蜂爬了两下,突然飞了起来。

小焕子就笑了。

可是一眨眼小蜜蜂就不见了,小焕子想它会飞到哪里去呢? 会不会飞向北方,追赶放蜂的那一家人呢?

想着想着,眼泪就掉下来了。

债

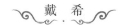

戴　希

那个年代,我的家乡还很穷。

我读小学三年级时,爸妈能每天给我五分零花钱,已属不易。这五分钱怎么花?当然可以搭车,可以吃零食,可以买文具,也可以购小人书……

我很舍不得花这五分钱。如果不是特急,我从不搭车,总是快速步行或者一路小跑去上学;也尽量不吃或少吃零食,除非肚子已饿得咕咕叫,实在受不了了;文具,能不买则不买,凑合着用,用到确实不能用了再说。

我为什么这样抠?一是因为太爱看小人书,想多攒钱购小人书看,二是攒够钱后,想干点儿大事。至于干什么,当时也没想好。另外还有一点,不知自己是不是守财奴,老感觉只有攒钱才有满足感。那时是攒钱成瘾。

记得半年之后,我终于积攒了三元钱。我高兴得不得了,宛如自己发了笔小财,也如小伙儿一样做梦娶媳妇,想想就甜。

我把这三元钱夹在书本中,藏在书包里,天天背着,恨不得片刻也不离身。有空便翻出来偷看,仿佛它就是自己的护身符。

有天放学了,我照例背着书包,蹦蹦跳跳地回家。可走出学校不久,离家也不很远,忽然遭遇一个二流子,狼一样凶残的模样。

"小孩儿,有钱吗?"他恶狠狠地瞪着我吼。

我紧张得只差尿裤子了，但还是尽量镇定地摇摇头。

"真没有？"他张牙舞爪道，"如果让我搜出来，小心我揍扁你！"

我慌了，眨眨眼，赶紧从书包里再掏出一元钱，乖乖地递过去。

"还有吗？"虽然收了钱，他依然凶神恶煞一般，"如果让我动手，让我搜出来，我要把你踩成肉泥！"

好汉不吃眼前亏，我只得又从书包里掏出一元钱，服服帖帖地交给他。

但他还是那样青面獠牙，丝毫没有放过我的意思。"不老实，没掏完吧？你是想挨我的拳头流点儿血？"他吼叫。

"叔，你就行行好，发发善心，留点给我买小人书吧。我好不容易攒下这点儿钱！"我只差跪下哀求。

"不行！"他像嗅到了血腥味儿的狼，"一分一厘也别藏着，除非你小子不要小命！"

实在没法，我只好忍痛割爱，竹筒倒豆子，把书包里的钱一股脑儿地送给他。

看到我已泪花闪烁，他却仍是蛇蝎心肠，把钱往口袋里一揣，头也不回，扬长而去。

走在回家的路上，我痛苦极了，后悔极了，沮丧极了，也恼怒极了。

继续闷闷不乐地向前走。走了不远，忽然遇到一个比我个子小不少，背着书包正在回家的小男孩。看样儿，应该是小学一年级的吧。

这时，我灵机一动，揩干眼泪，也咬牙切齿，恶狠狠地横在他面前。

"小孩儿，有钱吗？"我对他咆哮。看我如狼似虎的凶相，小男孩儿吓了一跳。"哥，你，你……"他哀求着。

"别啰唆，如果让我动手，我非打死你不可！"我嗷嗷大叫，把拳头捏得嘎嘣响，"快，把你身上的钱都给我！"

小男孩一下被我吓破了胆，三下五除二就把身上的四元钱全掏给了我。

小男孩哭哭啼啼地回家了，我却报复成功似的快活起来，心想：别人能抢我,我就不能抢别人?这下倒好,还净赚了一元钱,哼!

日月如梭,韶光飞逝,转眼很多年过去。长大成人后,只要忆起儿时的恶作剧,我心里就特别忐忑,特别愧疚,仿佛自己曾犯下不可饶恕的罪行。

咋办呢?有一年回老家,我下意识地找到童年时搞恶作剧的那条小路,在当时搞恶作剧的那个时间地点,把四百元钱小心翼翼地放在了路边。我觉得我必须百倍地偿还,方能减轻自己的罪责。我特别渴盼当年那个被抢的小男孩,此时也能回到家乡,拾回他应该得到偿还的这笔钱,拾回他儿时被深深刺伤的童心。退一步而言,即使这四百元钱,被其他人拾到也好。

但我很快发现,而且最终感到,即使这样做了,自己的内心也永远不得安宁。或许在人间,有些东西是根本无法偿还,也永远偿还不了的。

老榆爷

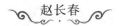

赵长春

　　人们都说村口的老榆树成精了。

　　老榆树很老了，粗壮的茎干歪倒在地上，再向上长出枝条，成为树。也就是说，从老榆树身上发出的枝杈，又都成了树，围绕着老树干，伸向四面八方。远望，如一片林子。

　　春天，人们捋嫩叶，做糊涂面条；捋榆钱，尝鲜。"老榆树有神哪，不怪罪吗？"有人疑惑。就有人说："没事，老榆树活人，几辈子了，都吃喝他的树叶、榆钱，只要不动他的大枝壮条就好。"

　　还有人说："捋一捋，算是给老榆爷挠痒痒，他舒服，长得更旺势。"

　　说这话的是牟介中。他对老榆树敬重，防着别人的伤害。"老榆爷"也是他叫出来的，大家也都顺口这么叫了。人们遛弯儿去，碰面打招呼，就说："老榆爷底下。"那里，有桌凳，石头的，可以谈古论今。还有秋千、吊床，孩子们玩着、笑着，笑声跑到了树叶里面。这些，都是牟介中摆置的。他说："老榆爷好着呢，在树下玩，空气好，安全。"

　　说起老榆爷的好，牟介中能说好多好多。比如，民国三十年年馑，人们没有吃的，就吃老榆爷。那时候，老榆爷已经很粗实，树叶、榆钱，都可以吃，还有树皮，捣碎，磨成面，掺到红薯面里，黏、甜。村里人约定，只砍削枝条上的皮。怕外村的人来刮树皮，老保长就领着人日夜看护。有一年夏天，袁店河发了大洪水，沟满河平，人们就上了老榆树，拽着树枝，吃树叶……

牟介中说："要是没有老榆爷，不知道多少家都没了，就没人在这里喝茶荡秋千啦！"他感叹一声，望着头顶的老榆爷。人们也往上看。有风来，枝叶婆娑，一片鸟鸣。

可是，要"大炼钢铁"了，上头决定砍伐老榆树。村里人不愿意，特别是老头老太太们。人们就打了地铺，睡在寒风里，轮流看护。上级做村干部的工作，一家一家地做……终于做通了。可是，没有人去砍树。好不容易动员了几个年轻人，也不好砍——大斧头砍上去，就显出一道缝，油锯哗啦一声，就卡住了！老头老太太们就又围拢上来，说："这是神树，砍不了是天意，不能砍伐！"

上头领导很恼火，坚决要破除迷信，就向住在罗汉山上的某部队求援。部队调来了工程兵，开了一辆大铲车。轰！轰！轰！大铲车离老榆树还有一段路，忽然熄火了，跳下来个年轻人，左看右看，找不出毛病。领导准备再找老兵时，牟介中从围观的人群里出来了："我来试一试！"

牟介中那时候复员回村三四年了，他在东北服役当过坦克兵。他说："东北老冷了，冰面上都能过坦克。"他会开坦克，懂得多，复员后就开公社的东方红拖拉机，嗡嗡叫。牟介中冲那个战士一笑，上了铲车，捣鼓了一会儿，突突突！铲车又发动了，向着老榆树开来。人们就戳指头，骂："你个鳖孙！"

可是，铲车又熄火了。再试，还是熄火。好不容易动了，铲车抵住树腰，又熄火了。领导要发火，驾驶楼的门一开，牟介中滚了下来，捂着头，喊："疼啊！疼！"

部队上的兵再上去，还是发动不了……人们就呼地围住了树："这是神树啊，不能动！"

老榆树保留下来了。

也怪，铲车倒回去，倒很顺利。

几天后，牟介中也不头疼了。

人们就传开了，说："老榆树有神，动不得。"

几十年后，牟介中接待了一个老兵，就是当年开铲车的那个兵。他们两个都老了，围住老榆树边看边笑，互相指点着对方："你呀，你呀，哈哈！"那人一下一下地拍着树，发出久别重逢的感慨。牟介中抱着那人，附耳说："兄弟，多亏了你呀……"

哈哈哈，两人大笑，在树下喝小酒。人们不知道他们两个笑什么。

他们老了。老榆树也老了。有年春天，有个大领导来视察，也来看老榆树，说："这是能让人记住乡愁的地方……"

牟介中一脸的泪水。

在大家眼里，牟介中是个怪老头。夏天蚊子多，牟介中不用蚊香。他用艾叶，熏上一把，满屋子弥漫着淡香。还有一法，也是他用的：裸坐正屋，里间睡房大开，吸引蚊子来，任凭呼朋引伴，嗡嗡嘤嘤，落满身子，忽然间猛起，投身睡房，速闭门，关蚊子于正屋。

我每次回老家，遇上叫不出名字的树和草，牟介中都能讲上来，一套一套的。我问他："怎么知道这么多？"他一笑："瞎说的。"面对我的发愣，他又一笑："反正你也不知道……"

不过，我查过资料，他说的都对。

莫尔根的敖包

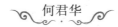
何君华

　　莫尔根是我见过的世界上最懒的萨满。尽管除了他之外我从未见过任何一个别的萨满，但是我确信如此。

　　世界上最懒的萨满莫尔根跟我说，他要建一座世界上最大的敖包。但遗憾的是，截至目前，他宏伟的愿望还远远没有实现。

　　每隔一段时间，至少是三天，至多是三个月，萨满莫尔根就会来，往那座低矮不堪的敖包上扔几块石头。

　　"你的敖包建好了吗?"我问萨满莫尔根。

　　"会建好的。"萨满莫尔根头也不抬，以一种肯定的语气回答我。

　　"是不是你带回来的石头太少啦?"我又问。

　　萨满莫尔根并不回答我，抬头看了一眼他那一点儿也没成形的敖包，转身慢悠悠地走了。

　　"你的敖包建好了吗?"我看见萨满莫尔根远远地走过来，便大声问道。

　　"会建好的。"萨满莫尔根肯定地说。

　　"你每天都干些什么呢?"我问。

　　"我每天都在草原上走啊走，到处找石头。"萨满莫尔根比画着说。

　　"石头好找吗?"我追问道。

　　萨满莫尔根又不搭理我,抬头看了一眼好歹长高了一点的敖包,转身消失在了草原上。

　　每一个路过的蒙古人都会下马找几块石头扔在敖包上,尽管如此,萨满莫尔根的敖包还远远没有建起来。

　　又过了一阵,但我感觉好像过了很久,似乎比萨满莫尔根每一次出现的时间都要隔得久。

　　"你的敖包建好了吗?"我迫不及待地问。

　　"会建好的。"萨满莫尔根气喘吁吁地回答我。

　　"你为什么要建世界上最大的敖包呢?"我追问道。

　　"为科尔沁草原上的牧人指路啊,远道转场的人们看见敖包就能分辨方向。"萨满莫尔根看着他那总也长不高的敖包说。

　　"你确定建得成吗?"我问。

　　"当然。"萨满莫尔根用一种含混不清的语言嘟囔着说,"草原上怎么能没有敖包呢? 一定建得成,一定建得成的……"

　　距离萨满莫尔根下一次出现的时间更久了,久到我甚至以为他永远也不会再出现。

　　"你的敖包建好了吗?"我远远地看见草原上出现了一个黑点,便大声朝那个黑点喊道。

　　我知道那个黑点就是萨满莫尔根。

　　"会建好的。"萨满莫尔根也不知道是真的听到了我的问话,还是猜到我一定会问这个没完没了的问题,当他走近我时便自顾自地说道。

　　"可是,牧人们不需要指路了,莫尔根。"我悲伤地说。

　　"为什么?"萨满莫尔根惊诧地瞪大眼睛。

　　"卓里克图王把草原卖了,莫尔根,从明天起,我就不再放羊了。"我流出了眼泪。

　　萨满莫尔根每天都在草原上走啊走,他当然已经见过草原开垦成的农田，原本不安生地站在草原上的奶牛、山羊和白驼变成了一动也不动的高粱、玉米和向日葵。

萨满莫尔根痛苦地坐在地上，我从没见过一个人如此悲伤，直到我赶着羊群离开，萨满莫尔根也没有从地上站起来。

直到这时我才突然发现萨满莫尔根老了，科尔沁冬天的狂雪不知什么时候已经吹白了他的头发。

那一年是宣统三年，干支纪年法叫辛亥年，也叫公元 1911 年，那是我最后一次见到萨满莫尔根。从此，我再也没有见过他，或许他死了，谁知道呢，他已经足够老了。萨满莫尔根的确建成了世界上最大的敖包，尽管我从未见过任何其他的敖包，但是我确信如此。

萨满莫尔根的敖包至今仍孤独地矗立在科尔沁沙地上。你如果见到它，也一定会赞叹它的雄奇壮观。尽管它的建立旷日持久，但它浑然一体的轮廓，真让人相信它是一夜建成的。

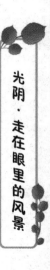

起个名字叫雀儿

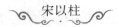宋以柱

雀儿此时坐在苹果树下。

她刚来的时候,就喜欢上了这一片苹果树。她和娘原来待的地方没有苹果树,只有一片又一片的山,山也不高,好像一个个巨大的黑馒头,光秃秃的。在那儿,雀儿有一个爹,但不是她的亲爹。爹很穷,但是对雀儿很好,他不准娘喊雀儿死丫头,爹喊她雀儿。爹干农活儿很累,一有空闲就和雀儿嬉闹。娘总骂爹穷鬼。爹说,你走好了,把雀儿给我留下。爹梳理着雀儿的黄头发说:"我要让雀儿读书,读到大城市里去。"爹的手掌很粗大。

雀儿知道娘走不会带上她,娘说她不是雀儿的亲娘,是从很远的东北来的路上,在一个垃圾堆里捡到她的。娘一点儿也不像亲娘,雀儿就咧开嘴一抽一抽地哭。爹就把雀儿搂在怀里。爹的身上有一股子经年不去的臭味儿,雀儿却在爹的怀里睡得很踏实。

没等娘凑够走的路费,爹就没了。雀儿爱吃酸枣,当然,雀儿也爱吃糖块儿,甜甜酸酸的,拇指大的一块儿,雀儿就能快乐半天,但爹没有钱去买,爹就去崖上给雀儿摘酸枣,小小的,比黄豆粒大不了多少。爹攥着一小把酸枣,装在雀儿的口袋里,雀儿一会儿摸一个放在嘴里,酸枣也是酸酸甜甜的。爹去最高的崖上摘酸枣,天黑了,才被人从崖脚下抬回来,雀儿没有看到爹的脑袋。

娘卖了窑洞,带着雀儿坐长车,坐短车,一直往南跑。雀儿睡了又醒,醒了又睡。当她最后一次醒来时,是在一片树林里,树上满是红红圆圆的果子。一个红脸的老男人说:"吃吧,吃吧,是苹果,可甜了。"苹果也是酸酸甜甜的,雀儿好久才吃完一个。

娘还是管雀儿叫死丫头。娘要雀儿叫红脸老男人爷。红脸老男人叫她雀儿。娘和爷在外屋睡觉,雀儿自己在小里屋里。晚上,耗子在床底下吱吱叫,来回跑。雀儿不敢叫,只好使劲睡觉。雀儿盼着天明。雀儿愿意在果园里跑来跑去。爷很愿意和雀儿说话,一会儿给雀儿一个苹果,一会儿又给雀儿一个梨。看着雀儿啃苹果啃梨,只是一个劲儿笑。爷的屋里有一张很高大的桌子,桌子上有好几个能拉开来的洞,有的洞里有钱,有的洞里有糖。爷怕雀儿够不着,就把那个盛糖的铁盒子拿出来,放在下面的吃饭桌上,雀儿想吃就自己去拿。

雀儿的嘴里每天都是甜的。

到了秋天,爷娘要卖好多苹果。每天爷和娘要摘好长时间。屋子外面的一片空地上,是一大堆红红的苹果,把雀儿看晕了。那些苹果都要一个一个地装进纸箱里。等所有的苹果都摘完了,果园边的路上,就会"噔噔噔"开来一辆三个轮子的车子,爷和娘把装满苹果的纸箱抱上车子,车子又"噔噔噔"开走了。娘掐着一大摞钱,笑得东倒西歪的。这时候,雀儿发现娘又年轻又俊。爷在西边的小屋里,留了一大堆苹果。娘不愿意,要把苹果卖掉,爷的脸更红了,这是爷给雀儿留下的。爷说,让雀儿一个冬天都有苹果吃。

果树上的叶子落光了,风凉起来了。很快就下雪了,雪下得很小。天气暖和的上午,娘在果树下给爷剃头。爷红着脸坐在树下的凳子上,娘把爷的头扭来扭去,手里拿着推子,慢慢地从下面往上推。爷的头发一朵一朵地落在地上。一会儿,爷就成了一个光头。娘笑得弯下腰去。雀儿在树下玩树叶,看着爷的光头,笑得坐在地上。爷没有剃过光头。爷剃了光头很难看,

爷的光头上都是疤瘌。过了年,路边的小草绿起来,爷的头发就慢慢长起来了,等头发盖住那些疤瘌,爷就又好看了,也不显得那么老了。

果树上的叶子都挤满了。爷说等苹果开始变红的时候,雀儿就该上幼儿园了。幼儿园就在果园的北边,只隔着一条大马路。爷说幼儿园的小朋友可多,幼儿园的阿姨可好。雀儿不知道要去幼儿园干什么,雀儿知道爷疼她才让她去的。树上的果子长到山楂那么大的时候,爷却病倒了。

从夏天到秋天,就像爷说的,苹果快红了,雀儿该去幼儿园了。爷的病却更厉害了。爷整日整夜地不睡觉,躺在床上喊疼。爷一天天地瘦下去。雀儿很害怕。晚上,爷喊疼的时候,雀儿就不敢睡觉。娘开始变得烦躁,不住声地在果树下骂人,雀儿听不清她在骂什么。有时候,娘坐车出去,买回来几瓶药水,很小的那种瓶子,有尖尖的头。找了人来给爷打针,爷就会好长时间不喊疼。开始是一天不喊疼,后来是半天,再后来,打上针爷也喊疼。娘就说疼死算了,没有办法了。

苹果红透了的时候,娘找人来一天就摘完了,那些红红圆圆的苹果只堆了一夜,第二天,就有车来"噔噔噔"地拉走了。

苹果卖完了,娘也不见了。现在,爷在屋里喊疼。雀儿坐在苹果树下。

雀儿捡起一个毛茸茸的小球,轻轻地一吹,那些毛茸茸的小球就一下子散开,慢慢地飞上天去了。

裊晴丝吹来闲庭院

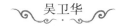

吴卫华

在乡下,小温的祖宅屋瓦鳞鳞、庭院深深,怎么看怎么像古时的贵族,如今却被遗忘在民间。

在北京上过美术学院的小温,毕业后静静地隐居在乡下。避开尘世喧哗的小温,除了喜欢一切自然的东西,还喜欢唐诗宋词、元明清戏曲,尤其喜欢汤显祖的《牡丹亭》,其词句典雅意境悠远,《游园惊梦》一折的开端,仅仅一句"裊晴丝吹来闲庭院,摇漾春如线",就把少女怀春的情丝引逗出来,晴空里裊裊飘动的游丝,被微风吹进了寂静的庭院,像缕丝线在阳光下闪闪烁烁,如同春光摇漾。

晴丝——游丝、飞丝,即虫丝,虫类所吐的丝缕,常在空中飘游,在春天晴朗的日子最易看见。

有好事者,多方枚举,说这句中的"裊晴丝"指的是柳丝。他也许说得对,但小温更倾向于"裊晴丝"是指虫丝。

普里什文在《蜘蛛网》中是这样描写蛛丝的:"那是一个晴朗的日子,阳光照亮了森林的阴暗角落。我沿着狭窄的林间小路朝前走去……风很轻柔……突然我发现,从小道的一边到另一边,从左向右,这儿那儿不停地飞过一些纤细的火箭。我像平时一样把注意力集中在火苗上,很快发现火苗

的移动是因从左向右吹来的风……于是我完全弄明白了飞箭现象是怎么回事:原来是风把蜘蛛网吹向阳光,闪烁的蛛丝因为阳光好似燃起的火,看起来就像是一支支箭在飞。"

小温不大喜欢考证,就像普里什文在《蜘蛛网》中说的:一个精神正常的人,即便没有专门的人教导,他也会在生活中经常体会到的。小温对自己在生活中体会到的更有感情。

小温自幼生活在乡下,对虫丝什么的都熟视无睹了。村庄是不设防的,家家户户可以和杂草地、小树林比邻。由于村庄的扩大,一些老坟茔就被包在了村子里,门口正对着一些年代久远的老祖宗的坟包,人人都司空见惯,从没听谁抱怨禁忌冲犯的话,人鬼无扰。坟地禁忌踩踏,又因年代久远无人管理,任荒草杂棵肆意生长,那些蛛网结得哪儿都是,还分出层次。灌木丛高处缝隙大的,蜘蛛就把网联枝结秆,织得疏落有致,像个大大的八卦图,看着也气派;中层的,难免人行畜钻地破坏;仓促补结出来的,怎么看都是东一榔头西一棒槌,胡乱张挂起来,全然失去了章法结构,越看越像个破落户;最低层的网,几乎是贴着地面的,白密密的一片,大不过人掌,就草根处苦起。因为它密结得像是帐篷而不是网了。小温疑心这样密结的网是蜘蛛屏绝外界的保护层,蜘蛛往往藏身在下面,一有风吹草动网布晃荡,它就匆匆地跑出来看看,或者干脆更小心地团缩起来。蛛网多了,要是再被外界因素断成千千万万根,因风而起,遇阻而挂,又在晴朗的天空下,自然就"烁烁闪银毫、柔柔漾春光"了。

村外有口枯井,上面覆盖着纵裂开的半拉古石碑,碑体灰白。据碑文记载,这是一块明朝万历年间重修法云寺时立下的石碑,上面的虫迹蛛丝,掩遮了下面的古朴碑文,想看清楚文字,得用手仔细拭去岁月不经意间蒙上的尘埃。

法云寺就在小温家的西边,一路之隔,算是比邻而居。据记载,法云寺始建于唐朝,明代重修,日本侵略小温家乡那一带时,把法云寺里的一口大

钟作为文物用汽车运走了。小温的爷爷说法云寺占地十亩,寺内种满柏树,墙外种了一圈杨树。小温的家族清末时出了个武举人,在村外修有跑马场,二百多人不分家,有开钱庄的、有经营棺材铺的,家族生意很红火。上面说的结满蛛丝的老坟地,就是小温先祖的。

小温的爷爷活着时,都把精力用在修房盖屋上了,这儿盖几小间放粮食,那儿盖两间放杂物,过几年不合意了,就推倒重盖。房子越盖越大,盖着盖着就把老大一个院子弄成了个四合院。小温的爷爷不喜欢热闹,家里几乎没有人来串门,门户里一直显得很寂静。偏偏小温的爷爷又喜欢养些花儿,冷冷静静的院子里,往往开着好多艳丽的花儿,它们热热烈烈开得灼人眼目,旁人看见反会心生异样的感觉。小温的爷爷喜欢看《聊斋志异》,拜他所赐,小温上五年级时就已经通读了《聊斋志异》。

在这样有点诡异的院子里长大,最常看见的是蛇,它们神出鬼没,有时在鸡窝里盘住一个鸡蛋准备吸食,有时在屋顶昂头吐芯地跟喜鹊斗架,甚至在纸糊的吊顶上索索爬行,一不小心就掉露出一截蛇身来。知道它们不喜欢近人,小温只管睡她的,也不去招惹它们。

在这样有点诡异的院子里长大,小温好像习惯了寂静。春天时,一阵暖风吹来,像软软的羽毛撩过耳垂,更像阿赛呼出的让小温发痒的鼻息。随着飘来几根银亮亮或者金灿灿的虫丝,它们袅绕晃漾,不肯就去也不肯落下,上个春天的暖舒感觉,一下子全回到了小温身上,唤起了小温心里最敏感最柔软的感情。

那个名字叫阿赛的男孩子,是小温大学时的男朋友,因病去世。在这个春天想起阿赛,小温的脸上浮起恍惚的微笑。阴阳永隔,小温只想问一声:阿赛,你在那个世界还好吗?

1978 年的一只母鸡

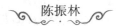
陈振林

　　1978 年,我准备参加高考。我的基础较好,又勤奋刻苦,是老师们公认的好学生。可是,给我上课的刘老师担心我身体太差,一阵风就要将我刮走似的,如果紧张地复习备考,身体很可能吃不消。刘老师对我爹娘说:"得给孩子加强营养,每餐白米饭是少不了的。"当时的条件,一天能吃上一顿米饭就是幸福生活了,哪里还能加强营养呢。

　　于是,娘养了十六只母鸡。娘听人说,有了鸡,就有了"鸡屁股银行",鸡下蛋了,就有了源源不断的财源。可是,连人都没有吃的,下蛋的母鸡到哪里去寻食呢?

　　队里的禾场上有。

　　队里的禾场,是队里打场晒粮的场地,只要是有阳光的日子,禾场上总是晒着稻子或者小麦。我们家离禾场不远,隔着一条十多米宽的河。晒好了稻子,禾场上劳作的人们回家去了,娘就站在家门口,"咯罗咯罗"一吆喝,十六只母鸡跑了出来。又一声"哦嘻",十六只母鸡像十六架小飞机,飞向了河对岸的禾场,争先恐后地吃起了稻子。一袋烟的工夫,伴随着娘长长的一声"咯罗——"十六只母鸡又像小飞机一样飞了回来。

　　娘的鸡窝,每天都会有十六个鸡蛋,一个不少。娘的"鸡屁股银行"办出

了成效,用鸡蛋换成了钱,换来了油盐,时不时地买些鱼和肉回来改善生活。我的身体也强壮起来,一顿能吃上好几碗饭。娘的脸上爬满了笑容。

高考前几天,我放学回家,队长焕叔找上了门,说娘的鸡偷吃了禾场上队里的粮食。娘听了,反驳道:"你咋知道那禾场上的鸡是我家的鸡?我家的鸡能飞过这么宽的河吗?"焕叔听了,悻悻地走了。

第二天,娘瞅着空子,又将鸡赶着飞到禾场去吃稻子。鸡飞回来的时候,娘大声清点着,只有十五只鸡,少了一只鸡——豌豆花色的鸡。下午,娘数鸡的声音更大,还是只数到了"十五",还是少了那只豌豆花色的母鸡。娘到禾场去找队长焕叔。没找着焕叔,娘却找到了那只母鸡。鸡已经被人用砖头砸死,拉出了鸡的食囊。食囊破开了,是一粒粒饱满的稻子。娘大声哭骂:"是哪个缺良心的害死了我家的鸡……"

禾场上没人敢和娘答话,都怕自己被冤枉成杀鸡人。娘骂了几句,提着死鸡,走回家来。当晚,我们的晚餐自然是那只母鸡了。娘用炉子小火煨汤,递到我的面前,说:"就要高考了,得好好补补身体。"娘的脸上堆满了笑,没有一丁点儿失去一只鸡的痛苦。

可是,第二天上午,娘又去禾场开骂,骂那个没良心的杀死我家母鸡的人。娘似乎走得很急,穿着爹那双大大的布鞋。骂了几句,晒稻子的人自然又不敢应对。穿着大布鞋的娘转了一圈就回来了。大布鞋里,满是稻子。下午,娘又穿了大布鞋,去禾场骂那杀鸡人。

几天下来,大布鞋里的稻子,居然装满了我家的米缸。娘说,这下我家小子高考前的白米饭不用愁了。

喝了鲜浓的鸡汤,吃了白白的米饭,果然,我的高考很顺利,考上了省城的一所重点大学。临去大学报到的前一天,娘对我说:"你去队里每家每户道个谢,算是替代我了。要知道,你考试前吃的白米饭是队里的粮食哩。"

"他们不是有人打死了我家的豌豆花母鸡吗?"我反问道。

娘只是笑,像个小孩子一般。

卖书的老李

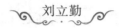

刘立勤

空闲的时候,我喜欢到县中学门口遛遛。那里有一个书摊,我喜欢看书摊上有没有我喜欢的书,也喜欢和卖书的老李拉呱几句闲话。

老李好像是陕北人,抑或是山东人,我记不清了,只记得老李是邮电局的职工,说着一口外地话。几十年都没有改变他的乡音,几十年也没有改变他的行当。几十年里,他都用那外地话卖着从外地进来的花花绿绿的书。

老李卖的书主要是文学书籍和期刊,什么挣钱就卖什么。从他书摊上能够看出书刊的流行趋势。20世纪80年代是文学书籍一统天下,其中间杂着一些娱乐杂志;世纪交替前后,文学退居次位,《家庭》《读者》等杂志占据了主要的位置,故事类的杂志书籍占领了大部分的地盘,娱乐类书籍靠了边。

认识老李的时候,我刚刚在一个乡村小学当代课教师。那时候穷呀,记得一个月拿到手的工资只有十三块五毛钱,可我却喜欢读书。一年总有几个周末,我会骑着自行车专门到县城买书。

那时候县城不大,却有十多家卖书的。有的是书报亭,有的是店铺,只有老李在县中学门口摆了一个书摊。别人家的书大多高高地摆在架上让人仰望,只有他的书摊在那里让人挑选阅读。不过,老李很忙,因为他那里买书的人很多。

老李进的图书很多，杂志也很全。我在翻阅那些图书时，忍不住蹲在他的书摊前看起来，忙碌的他也不催促，偶尔还会把自己的小凳子给我。坐着看书的感觉真好，就像饥饿的汉子走进了免费的餐厅，大快朵颐而不知羞惭。

太阳终归要西下，我也终归要回家。进城是为了买书，而我又没有多少钱，每次只能买上三五本。常常是把书拿在手上，才发现钱不够。尴尬之际，老李操着浓重的外地腔说："你先拿走吧，下次来了再补上。"其实，老李并不认识我，我也不知道下一次是什么时候来，看看他信任的目光，我不敢辜负他的好意，还是把书拿走了。路上，我听说老李卖书挣了不少钱，还买了单元楼的房子。我默默地期盼老李挣更多的钱，卖更多的书，让我有读更多好书的机会。

然而好景不长。不几年，我也来到县城工作。县城繁华了许多，高楼林立车水马龙，可书市萎缩了，原来的报刊亭全部拆除，书店要么改卖烟酒，要么改卖时装，有的甚至改做了发廊，还有的改卖教辅资料，专门卖杂志和文艺书籍的只有老李。老李的书摊算得上是县城里的一道风景了。

我以为老李的生意会好起来，可老李说生意越发难做了。老李原来的书摊有两张钢丝床，现在只有一张床了。文学的时代一去不复返了，各类杂志也江河日下，只有《读者》《故事会》等还在勉力维持。熟悉的成人越来越少，主要客户是一些上学的孩子。老李显得很清闲，常常茫然地看着街上忙忙碌碌的行人。

我也很少买书了，上班下班的路上，习惯性地到老李的书摊看看，和老李说说闲话，遇上喜欢的杂志也买一两本。老李善解人意地说："看完了就

放我这里寄卖。"又给了我一个白看书的机会。

生意真的很清淡。有时候一连几天不见老李出摊。问及原因,老李说:"上级领导来检查工作,城管让他把书摊收起来。"老李不明白领导为什么不准他摆书摊,我也说不明白。领导来了,他把书摊搬走了;领导走了,城管又默许他把书摊摆出来。他们互相理解着各自的不易。

老李日渐老了,老李的老伴儿也去世了,老李的孩子去了很远的地方。老李乌黑的头发变白了,挺直的腰板也佝偻了下来,可老李的书摊还在坚守,他希望有更多的人买书看书。偶尔谈起书摊兴盛的光景,老李一边喘气一边说:"不知道人们为什么不读书了。"我也不知道,只知道老李进的书越来越少,有些很好的杂志干脆也不订了。老李吃饭的时候,书摊放心地摆在那里,也没有人去拿他的书。

记不得多久没有读书了,也忘记了老李和他的书摊。忽然想起去看看老李,老李的书摊却不见了。问及熟悉的朋友,说是老李病了。我期盼着老李的病能好起来,期盼着老李的书摊再摆起来。期盼了一个冬天,又期盼了一个春天,也不见老李好起来,我的心中就有了不安。

后来,听说老李死了。听说老李死前把他的房子卖了一大笔钱,为县中学捐献了一间图书室。我不知道老李的图书室里有多少读者,却看见老李摆书摊的地方变成卖烤串的摊子了,小摊前等待撸串的客人排起了长长的队伍。

狗撵兔

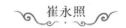

崔永照

虽是下午,夏日的太阳还很灼人。

我背着书包,拿着妈妈用布包着的刚出笼的四个馒头,从村子里的麦场走过。麦场上堆着一堆堆蘑菇似的麦秸垛,有几只鸡在悠然地啄食。过村口的小河,穿过一条林荫小路,爬了几十分钟的坡,才赶到夏山沟,我看见哥哥躺在树荫下的一块大石头上睡觉,有节奏的呼噜声播得山响。羊像一朵一朵的白云在沟里慢吞吞地游动,优哉游哉地啃着肥美的草。

那年我十二岁,哥哥十四岁。几个月前,哥哥还和我在同一所学校读书。每个星期天,同学们都像快乐的鸟儿一样飞回家,可我却不快乐,有好几个星期天回家,我发现父母总是眉头紧锁、长吁短叹的。

一天夜里,睡梦中的我,被嘈杂的说话声惊醒,睁开惺忪的睡眼,看见父亲正一口接一口地抽着劣质旱烟,呛得直咳嗽;妈妈在不停地抹眼泪;哥哥在一旁的矮凳子上坐着,低着头很痛苦的样子。听见父亲说家里穷,供不起两个孩子上学,就让我还去上学,哥哥去放羊,帮衬帮衬家里。哥哥"哇"的一声哭了,我的泪水也流了下来,想说不上学了,让哥上学去,可我终究没有勇气说,我怕失学。

翌日,哥哥流着泪送我到村口,我听见村头小河的水呜呜咽咽,揪心地难受。

在学校里,曾经勤奋好学的我,有一段日子莫名其妙地厌学,总是偷偷地跟着几名老师经常批评的逃学、旷课的同学疯跑疯玩,更糟糕的是还迷恋上了看长篇小说,学业荒废殆尽。期中考试,我的学习成绩居然从班上的前三名,落到了后三名。开家长会时我诚惶诚恐,父亲的脸始终被失望的表情笼罩着,到家扔下几句话:"期末再考砸了,就回家种地,你不是读书那块料。"我想记住他的话,可是一到学校,那几名同学一招呼,我打惯扑克的手就直痒痒,一想起引人入胜的小说,思想又走了神……

我叫醒哥哥,说:"妈说你晌午没吃饱饭,让我给你送馒头。"哥哥先催我读书,才拿过馒头狼吞虎咽地吃起来。我从破书包里拿出课本朗读,读书声弥漫了整个山坡,无意间发现哥哥出神地看着我。

第二天是周日,我嚷着要和哥哥一起去放羊,他答应了。这次是到西沟去,我家的黑狗"宝宝"也摇着尾巴跟着。天刚刚大亮,树叶上、草上都挂着晶莹的露珠,一会儿我俩的裤子就湿了,裤腿贴在腿上非常难受。羊群行过那些灌木丛、野草,它们马上变得鲜活起来,在羊的碰撞下不停地摇曳。忽然一只野兔箭一般从一丛灌木中射出,宝宝一惊,撒开四肢,身体一耸一耸地向飞奔的兔子追去。

"哥,宝宝去撵兔子了,逮住了咱可有肉吃了。"我拍着手欢呼。

哥哥看了我一眼,没有作声,身体向前一倾一倾,腚撅得老高,往山上攀。他那身打满补丁的破衣服,看得我压抑又不安。只几分钟时间,宝宝吐着红红的舌头,咳咳地喘着粗气跑了回来。沮丧的它,瞅着哥哥不屑一顾的眼神,灰溜溜地跑到一边,跷起一条后腿撒尿去了。

哥哥这才开腔了:"我知道宝宝的本领,它不是专门驯出来捕捉猎物的那种狗。它平时就看个家,是撵不上兔子的。"末了,补充了一句:"你上学也和狗撵兔子一样,平时不好好学习,将来就考不上大学,啃不上白蒸馍,吃不上大鱼大肉。给我背几首唐诗听听!"哥哥的话听得我怪不舒坦,咋把学习

跟狗撵兔牵扯到一起，俗不俗？可我不敢犟嘴，低眉顺眼地给哥哥背了起来。中间我背错了一句，哥哥怒吼："你学习这么不用功，对得起谁？"话到手到，一巴掌打在我的屁股上，疼得我直咧嘴。

回到学校，我画了一幅取名为《金科玉律》的画：在一片绿茵茵的草地上，一只狗撒开四腿，奋力追赶前面的一只兔子。我把它放在书桌上，每当学习偷懒的时候、思想波动的时候，就看看这幅画，哥哥的话似乎又萦绕耳畔。我发奋读书，刻苦求学，期末考试成绩名列全年级第一名。后来我考上了县一高，学习成绩仍是一直领先。三年后的那个暑假，邮递员给我送来了大学录取通知书，哥哥兴奋得就像自己考上了大学，一路狂奔着去给父亲报喜，把脚都崴伤了。

大学毕业后，我成了一名公务员。哥哥还在那几分薄田里打转转。我时常怀着一颗感恩的心，想起那个周日的上午，浓浓的暖流总是漾满了我的胸腔，绵延不绝，历久弥新。

那个安分守己的新年

李国军

十岁的那个新年,烙印般刻在我的记忆深处。

那个冬天的下午,阳光很好,寒冷并没有丝毫让步,我舞着冻得通红的手随母亲跑进跑出,年关近了,母亲清理着屋子里的尘埃,和村子里其他家庭妇女一样。她挥舞着绑着细布条的竹竿,在屋子里走进走出,母亲沉默着,显得那么庄重,扫完了屋顶上的灰尘,她又拿起抹布,仔细地擦净灶台,靠墙点上长明灯,摆上早就洗净晾干的水果。

腊月二十三,过小年,家家祭灶神。听说这个晚上,灶神会向玉帝汇报每家人一年的情况,富裕的家庭来年接着顺利发财,贫困的家庭来年说不定就有些小波折。谁敢得罪灶神?早早地,每家每户都洗净了灶台,摆上贡品,恭顺地讨好着灶神,生怕他上天说了自家的坏话。

我偷偷跑到贡品前,眼馋那盘子里的水果,大红的橘子、滚圆的核桃,还有平日里难得一见的苹果,可看着灶台上那忽明忽暗的灯盏,一向胆大的我竟然有几分恐惧,不敢拿过来吃。

"外边去玩吧,等灶神老爷吃过了,明天你们就可以吃了。"母亲走进来说。

听了母亲的话,虽然嘴里早已馋出了口水,可我还是听话地跑到屋后帮二哥打猪草去了。新年的欢快已经在村子里弥漫开来,每家每户都忙着推磨蒸馍馍、做汤圆,每家的门框都刷得干干净净,单等着大年三十下午贴对联。等大红的灯笼挂上,喜庆的对联贴好,新年就在一瞬间降临了。我身小力弱,做不了其他的事情,可我把几道门框刷得很干净,憧憬着过年的美好时光:穿着新衣,四处走亲戚,总有吃不完的零食,衣兜里会一直鼓鼓的,每个人见面都微笑着说新年好,简直幸福死了。

每天傍晚,村子里的狗都会猛烈地叫起来,本来寂静的村子一下子变得热闹很多。不用说,又是哪家在外打工的男人,风尘仆仆地回家过年来了,那家的录音机一直欢快地唱到深夜。俗话说:"长工短工,二十三个满工。"每年这一天,在外辛苦打拼一年的游子便匆匆踏上了魂牵梦萦的返乡归途。

寒假已经过了几天,我把得来的奖状端端正正地贴在正屋最显眼的泥墙上,从左数过去,墙上一共贴了十二张奖状,除了大哥二哥的,我得奖最多。光这个学期我就得了两张,一张"三好学生",一张"期末考试第一名",老师还奖了我一支钢笔,五个作业本。父亲说了,等他回家,我和大哥二哥谁的成绩好,谁的压岁钱就多,有了压岁钱,就可以买我喜欢的小人书看。

可腊月二十五了,父亲还没有回家,这真是让人焦急的事情。

母亲在我们面前不说什么,但村子里哪家只要有人从外面回来,她都会跑过去打听父亲的消息,然后总带着一脸失望回家。我不问她,我每天都跑到屋后往山上的土路上张望,满心希望父亲会突然出现在石板路上——他背着行李,嘴里叫着我的小名,我叫着跑上去,他给我抓一大把糖果。

可土路上始终没有出现父亲的身影,直到腊月二十八晚上,与父亲一同外出的人都回家了,只有父亲,一点音讯也没有。母亲的眼睛红肿着,大哥告诫我和二哥,好好干活,不要问过年的新衣,不要淘气,不准惹母亲生气。我们沉默地做事,说话的声音放得低低的,心里堵得慌。

家里去年刚修了新房,欠了一些债,要不父亲也不会外出,让母亲一个人在家辛苦操持。光是这几天,要债的人就来了好几拨,母亲小心陪着笑

脸。家里实在没有钱,连我们兄弟几个过年的新衣,也要父亲在外边买回来。我不稀罕新衣服,隔壁院子的壮娃子父亲是村干部,昨天就穿了新衣服向我炫耀,说他妈给他买了两套,我没有理他。我想念父亲,我大半年没有见到他了,我想父亲看我的奖状,摸着我的头夸我乖,我每天把奖状擦得透亮,说不定,就在我们不注意的某一刻,父亲就微笑着跨进门来了。

那是个资讯不通的年代,母亲的耐心到了极限,我发觉她总是发呆,大哥带着我们每天割牛草、打猪草、砍柴禾,一点也不闲着。他暗地里告诉我们,不准在母亲面前提父亲回家的事情,省得母亲伤心。

腊月二十九,我们兄弟三个已经做好了蒸馍,磨了汤圆,割了几大筐青草,我们没有到外边疯跑,一个个安安静静地做饭、喂猪、做作业。

大年三十,一大早,母亲就站在屋后张望,可土路上还是没有父亲的影子,她终于忍不住哭了。大哥沉默地带着我们做大年午饭,家家户户响起了鞭炮,喜庆的氛围在村子上空酝酿。大哥带着我们先给祖先上坟,恭恭敬敬地磕头,回到家,他也在院子里点起了鞭炮。母亲已经恢复了平静,叫我们上桌吃饭,大哥在父亲坐的位子上摆上筷子,给他斟了满满一杯酒。然后叫我们站起来,给母亲斟酒,一起说:"娘,过年了,新年好。"母亲眼里含着泪花,一口喝了酒,叫我们吃菜,满桌的好菜,我却吃得一点滋味也没有。

大年初一,鞭炮声响彻了村子的上空,每个人都穿着新衣,高高兴兴地外出游玩。吃了早饭,母亲便把自己关在房间里不出来,一会儿,外婆外公来了,我听见他们在屋子里和母亲小声说话。我端茶进去时,见外婆不住地抹眼睛。我们哥三个,在另外一间屋子里,安静地做作业,外边的热闹似乎与我们家无关。

夜幕降临时,母亲一声变调的欢呼惊醒了正埋头做作业的我们:"你们快出来,爸爸回来了!"

我们丢了笔跑出去,父亲已经走到院子里,他背着一个大包,满脸疲惫,却笑得很欢,我跑过去,抱着他的腿,喊了一声"爹",就觉得鼻子发酸,"哇哇"大哭起来,父亲母亲怎么劝都劝不住。直到穿上新衣,嘴里吃着零食,我还在抽抽搭搭。我偷偷看母亲,她也穿上了父亲买的新衣,脸上洋溢着笑容。父亲说汽车坏了,在路上耽误了整整五天,他也急坏了。

父亲回来了,家里又到处洋溢着笑声。可这个新年,我再没到外边疯跑,天天腻着父亲,他走到哪儿我跟到哪儿,按他取笑我的话说,我怎么突然成了个闺女。

也许,从这个新年开始,十岁的我渐渐懂得了"年"的内涵,懂得了思念和牵挂,还有那从此渗进骨子深处,左右我一生的淡淡忧伤。

红薯飘香

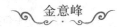

金意峰

1967 年是个荒年。百亩良田颗粒无收,蛇鼠虫豸四散逃逸,村民挖空心思构筑自家的粮仓,连平时最关心的游行批斗活动也偃旗息鼓了。

有把余留的陈谷悄悄碾成米的,一边是珍珠般宝贵的米粒,可以熬粥;另一边是碾下来的糠皮,裹一点面粉做成饼。也有挎着柳条篮子去田埂路边挖荠菜挖马兰头的。更有把目光盯着河里的鱼、天上的鸟的。

县里别村的农民兄弟雪中送炭,运来了满满几卡车红薯。分红薯的日子,村里的老老少少都来了。村路上热闹得像赶庙会,欢天喜地。

每家分五十斤红薯。

我和大哥把一筐红薯抬回家时,三弟的眼睛都放出光来了。

于是全家煮红薯吃。

奇怪的是,没有白米吃,我们三兄弟吃红薯照样吃得兴高采烈。那年大哥十四岁,我十岁,三弟八岁。我们边吃边比赛放屁。看谁放的屁响。浓酽的"红薯屁"在屋子里飘荡时,我们忍不住接二连三地打出几个幸福的饱嗝。

但是有一天爹把我们叫到柴房,手一指,我们傻眼了。筐里的五十斤红薯少了四分之一。可以预见的是,照这样的速度,接下来少的将不是四分之一,而是三分之一、二分之一……爹阴沉着脸咳嗽一声:"几个根,往后的日子长着呢,咱得悠着点。"

我们家有三个根。大哥叫木根,我叫水根,三弟叫土根。

三个根咬着嘴皮子,不吭声。

红薯快吃完的那几天,爹和娘离开了家,据说是去江苏老舅家借粮。

他俩一走,三个根就放了羊。

我们手里攥着弹弓,在屋前屋后转来转去,开始惦记天上的鸟。

很快我们在隔壁杜家院子里的槐树上发现了一只竹筐。这只竹筐像一个硕大的鸟笼,挂在一根粗大的枝丫上。

杜家的成分一直很可疑,听说是富农,因此尽管还未等到挨批斗,这家人平时就已像惊弓之鸟,很少抛头露面。此刻,看到杜家门扉紧闭,三个根轻巧地翻过了矮墙。

到了院子中央,大哥让我们等在树下,他上去。

大哥的眼睛在他揭开筐盖时亮了亮。

"啥好东西?"

"嘘——"

大哥贼头贼脑地把筐里的东西往口袋里塞,又飞快地溜下树。

"回去,快,别让三朵花看见。"

三朵花就是杜家的三个丫头:梅花、兰花、菊花。

三朵花长得虽细瘦,但每一个都伶牙俐齿,三个根不是她们的对手。

到家后大哥把东西掏出来,是红薯。原来挂在槐树上的筐里面装的是红薯。

大哥说:"还有好多呢,不敢再拿了,那可是人家的口粮啊。"

"这是不是偷?"我问。

"有什么办法,总不能饿肚子。"大哥说。

很快我们把三个红薯分配进了自己的肚子。

第二次是我上的树。三弟年纪小,不让他上。

我们偷红薯竟然偷上了瘾。只要肚子一饿，我们就会又痛苦又甜蜜地把目光转向那只挂在杜家槐树上的竹筐。奇怪的是我们下手的机会竟然很多。杜家的油漆大门吱嘎一关，我们立刻兴奋得像三只花果山上的小猴。

不过有一天大哥发现了问题。他有点疑惑。他说："我们这样偷来偷去，那筐里的红薯怎么一点都没减少？"他又说："上星期我数过的，一共十二只，今天我又数了一遍，居然还是十二只。一定是杜老六每天都往筐里添红薯，杜老六这个人是不是有点老糊涂了？竟然不知道有人在偷他家的红薯。"

大哥后来说："不管它，还是管好我们的肚子要紧。"

不知为什么，我们开始窥视杜老六一家的日常生活。我们发现他们在院子里走动、说话、看书、扫地、晒被子……平淡至极，和别人没什么两样。

倒是我们三个根有时会遭遇尴尬，多半是在路上与杜老六相遇时。尽管杜老六总是客气地笑笑，我们仍然感到惴惴不安。如果身边的闲人不多，我们就会心虚地喊他一声：六叔。

时光飞逝。大哥后来做了村里的村主任。三弟去西北大学读书。我也在度过了三年军营生活之后，光荣复员了。记得我回村第一个闪过的念头竟然是去看看杜家的那棵老槐树，或许是因为老槐树给我留下了太深的印象。更不可思议的是，我突然迫切地希望自己与杜家的人面对面地站在一起。

回村那天，大哥已到村委会上班去了。我惊讶地看见从前的那堵矮墙荡然无存，代之而起的是一个宽敞明亮的月亮门。杜老六在自家院子的菜地里锄草。我第一次通过门而不是矮墙进了他家的院子。

杜老六发现了我，汗涔涔的脸上笑吟吟的。"你是李家的水根吧，几年不见，长壮实啦。"

我说："六叔，你的身体也不错，跟从前一样结实。"

杜老六笑了："老了，终归是老了点，梅花、兰花、菊花都嫁人了，还能

不老?"

　　我开始用眼睛瞄那棵槐树。槐树上还挂着那只竹筐,像当年那样轻轻地晃荡。我有点激动。

　　"六叔,"我有点难为情地说,"小时候我们三兄弟实在太不懂事了,三天两头偷您挂在树上的红薯……"

　　杜老六眨了眨眼,嘿嘿地笑。他说:"你以为你们三兄弟做的事躲得过我的眼睛?我早知道了。话说回来,那时候穷,再加上自然灾害,大伙儿都过得不容易,我和三个闺女胃细,也吃不了那么多的红薯,又不敢送过来,怕扫了你们的面子……"

　　我的眼睛忽然湿润了。

干娘树

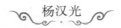

杨汉光

　　我小时候多病，母亲迷信，就请算命先生给我算一算。算命先生说我命里缺木，需要认一个木命的女人或者一棵大树做干娘。我家门前就有一棵大树，认作干娘再方便不过了。

　　母亲挑了个吉利的日子，带我到大树下，将写有我名字和生辰八字的红纸贴在树干上，就算是把我托给大树做儿子了。母亲让我烧香磕头，请干娘保佑我一生平平安安，无病无灾。

　　自从认了大树做干娘后，我的病真的越来越少。那时不知道这是随着身体发育，抵抗力不断增强的缘故，还以为是大树在保佑我。

　　村里还有十几个孩子学我的样，也来认这棵大树做干娘。每当过年的时候，我们这些树儿树女们一字儿排开，给干娘烧香拜年。

　　干娘一身都是宝，浓浓的树荫给人送来阴凉，树皮是治疗腹泻的良药。树上则是孩子们的天堂，干娘年年结出黄豆大的果实，满树都是，又香又脆，我们亲切地叫它"炒豆"。

　　有一次，我爬到高高的树顶摘炒豆，一不小心掉了下来。如果摔到地上必死无疑，幸好掉到一半时，一丛浓密的枝叶奇迹般地托住我的身体，让我有惊无险地从鬼门关重返人间。母亲感叹说："是干娘救了你一命啊！"我们特意杀了一只鸡来拜谢干娘,可惜干娘不会吃。

在干娘的庇护下,我平平安安地成长。没想到,干娘的厄运却来了。我小学毕业那年暑假,一帮城里人来到村里,竟然要将我家门前这棵大树挖走。我赶紧把树儿树女们都叫来,十几个人手拉手把大树围住,不让城里人动我们的干娘。还有人搬来了村主任,请他把城里人赶走。

让我失望的是,村主任竟站在城里人一边,他说把这棵树移植到城里去,让更多人欣赏,那是我们的福气,别人有树想移植,人家城里人还不要呢。

我大声问:"这是我们的干娘啊,把她挖走,以后过年我们到哪儿去拜干娘?"

村主任笑了:"你们可以到城里去拜。如果你们的干娘有知,不用挖,她自己就高高兴兴跑进城了。你们想想咱村里的人,如果有机会到城里去享福,哪个不是做梦都偷笑?"

听村主任这么一说,我们的人墙就瓦解了。失去保护的干娘,只能任凭城里人宰割。城里人整整忙了一天,才把大树挖起来,用大卡车运走。他们留下一个大坑和一堆树枝树叶,听说要砍掉一些枝叶,大树才能种活,可我总觉得这些枝叶是干娘的头发和手臂,剪掉头发还可以,连手臂也砍断,这不是太残忍了吗?

第二天,我邀几个兄弟到城里去看干娘。我们的干娘已经被运到公园里,种在最显眼的地方,一进门口就看见了。这个公园是新建的,从乡下移来很多大树,干娘是其中最大的一棵。城里人不但给干娘浇水,还将一张黑色的大网盖在她的头上,给她遮挡火热的阳光。看见城里人这么爱护大树,我们就放心了。

暑假结束后,我到城里读初中。一办完入学手续,我就跑到公园去看干娘。公园已经有人把守,必须买两块钱的门票才能进去。

我又见到了我的干娘,她的头上已经没有黑网,树叶几乎掉光了,烈日

烤着枯枝,树根的泥土已经晒得干裂。我问守门人,为什么不给这棵大树盖遮阳网,守门人说:"它死了。"

我再问为什么不给大树浇水,守门人不耐烦了:"树都死了,还浇什么水?"

我的心都碎了:"不,她没有死,树皮还没有干,她一定能活下来。"

我要给干娘浇水,可身边并没有水,只有一个水龙头在大门外面。我跑到大门外,从地上捡起一只塑料袋就去接水。当我提着一袋水要进门时,守门人却拦住我,要我买门票。我说:"我是为公园的树浇水的,为什么还要买门票。"守门人说:"他不管我干什么,只知道进一次门就要买一次票。"没办法,我只好再买一张门票。

我就这样来来回回地提水浇树,每进一次门就买一张票。买到第六张票时,我身上没钱了。我把水袋递给守门人,请他把水倒到树根去。可任我怎么哀求,守门人都无动于衷,直到我流下眼泪,他才很不情愿地接过水袋,

随随便便地将水泼向树根。守门人连塑料袋都没有还给我,更别指望他再帮我给干娘浇水。

我必须请人来救我的干娘,我在城里一个熟人也没有,只好跑回村里搬救兵。乡亲们却说:"不就是一棵树吗,死就死吧。"连那些曾经在大树下烧过香的人,也不肯跟我进城,他们准备另外认一棵大树做干娘。父亲更是大发雷霆,说我再敢离开学校乱跑,就要打断我的腿。

我不得不回到学校上课,任由干娘在烈日下煎熬。好不容易等到休息日,我从学校里出来,直奔公园。可是,公园里已经不见了干娘的身影,另一棵新种的树取代了她的位置。我问那棵大树到哪儿去了,守门人说被一家砖厂运走了。

那家砖厂在城外不远,我以最快的速度赶到那里,想再看一眼干娘。这是一家小砖厂,全厂只有一座土窑,土窑旁边堆着很多木头,木堆上却并不见我的干娘。我问砖厂的人,从公园运回那棵大树放在哪里,一个烧窑工说:"正在窑里烧着呢。"

我的干娘在窑里燃烧,我再也看不见了。窑顶上冒出一股黑烟,那是干娘苦难的灵魂,随风飘回故乡。

一条河流的伤逝

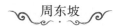

周东坡

后来,雨停了。

雨停得很干脆,毫不拖泥带水,说结束就戛然而止,连余音都收走了。要不是竹叶滴滴答答地还在往下淌着水,我甚至感觉这场雨根本就没有发生过。走出竹林,抬头看看天,天空像被刷子刷了一下,刷去了一身灰白色,显出蔚蓝的天光。

太阳出现在竹林上方,水洗过一样,不热烈,但高远、澄明,一尘不染。

我想说的是,因为这一场不期而至的雨,我的快乐和痛苦都无从完整表达了。

竹林里的涓涓小溪走在了我们前头,我知道它的去向,那条叫作竹溪的河水已经越来越接近初夏,这意味着它将被更多的赤足踩来踩去,并且有充足的理由溅起一片片洁白的水花。

此刻,竹溪河涨水了,湍急的河水漫过两岸的青草地,而绿油油的青草叶上还悬挂着晶莹的雨珠,两相映衬,像极了一幅水墨山水画卷,美好得不真实。

青草的柔软贴近我的足尖,痒痒地撩拨,这种感觉带给我无尽自由的快乐。一直以来,我知道哑巴——豆花是不快乐的,因为她不会说话,也就无

法跟我一起去学校读书,很多时候我想用自己的快乐让她绽开笑容。真的,她笑的时候是非常好看的,两个小小的酒窝盛得下初夏所有的灿烂。

我向她招手。她站在岸边,来自乡间的一束光打在她娇小的身上,明朗、清澈。

做一条河流一定是幸福的,无论起伏跌宕还是缓慢流淌,都很自我,无须顾及某一次天色的喟叹,只要沉着地收下属于乡村的春夏秋冬。即便是稍显乏味的语调,也足以把一段岁月变迁讲述得耐人寻味。

它只是一条河流,却有着无尽的吸引力,一拨拨人来了又走,面孔大同小异。竹溪河年复一年地裹挟着雨水和杂质,自顾向东流去,一种距离感,让它能够保持足够的从容。

当然,竹溪河流淌一百年或者更久,似乎没有什么区别,如果有的话,也一定不是竹溪河有了什么改变——河流的沧桑变化是需要积累久远时间的,而一粒石子投射进来,就能够轻易篡改水纹的走向。

其实,这一切都与我无关。在我眼里,竹溪河始终如一的亲切,它见证了我的快乐,也见证了我的成长。

上数学课的时候,我常常心不在焉。

我讨厌那些数字和符号,它们除了躲在课本里和演算纸背后嘲笑我,再没有什么别的本事。它们看不上我,我也懒得答理它们,于是,我常常趴在课桌上涂涂画画,一节无聊的数学课很快就过去了。

我也讨厌那个戴着眼镜的数学老师,一口饶舌的外乡口音,听得人一脑子糨糊。他还很凶,有人回答不出提问或做错了练习题,就会被他提溜到黑板旁罚站,有时一堂课提溜出七八个人,挤成一堆,又不敢动弹,那滋味真不好受。

我总是希望他能把我赶到教室外罚站,那样的话我就自由了,站着、蹲着都不会被他看见,就是干点什么也没有人来管。我就是在那个时候爱上画山水画的,我的裤兜里经常揣着纸和笔,在教室外罚站时就取出来,画雾

蒙蒙的远山,画静静的竹溪河。画到那片草地时,我会添加上去两个小人,一个是理着锅盖头的男孩子,一个是梳着羊角辫的女孩子。

只有我知道,那个理着锅盖头的男孩子是我,那个梳着羊角辫的女孩子是哑巴豆花。

这片被竹溪河滋润的草地,因为我们的来临而记录下植物茂盛生长的细枝末节。

疯玩够了,我们开始割猪草,这是我们每天必做的功课,否则,家猪们就要挨饿了。

割猪草的时候,我总要多割一些,因为我的力气比哑巴豆花大,手脚也比她快。而每到这个时候,哑巴豆花就会放下手中的镰刀,跟在我后面把散落的猪草捡拾到竹筐里。我们分工合作,用不了多久,两个竹筐就都堆起了小山。

一只蝴蝶飞过来凑趣,也许是嗅到了青草的清香,围着竹筐上下盘旋,然后踮着脚尖轻轻地停在一枚草叶上。

我伸手想去捉,却被哑巴豆花拉住了衣襟。她向我摆摆手,伸出一根手指放在嘴唇上,然后蹑手蹑脚地靠近,在竹筐边蹲下,静静地看着娇小的蝴蝶上下挥动着薄明的羽翅,翩翩而舞。

我也在哑巴豆花身边蹲下。

那一刻,两个好奇的孩子、一只好奇的蝴蝶,被绵长的时光定格在记忆中了。

不知道过了多久,村口传来高高低低晚归的叫声,我们站起身,不想却惊扰了蝴蝶,它顺势翩然飞起,稍作流连就飞过竹溪河,消失在对岸的花丛中了。

我帮哑巴豆花把竹筐背到身上,然后提着自己的竹筐和她跑出草地。

夕阳西下,风停息了,竹溪河发出很大的声响,清洌洌的。

我们在村口分手,她向西去,我向东走。从此,我们便再没有交汇,而那片草地就是在那一天埋葬了我的童真。

哑巴豆花是溺水而死的,没有人知道原因,但一定是意外,因为所有的人都知道哑巴豆花怕水。

当我从学校跑到河岸边的时候,哑巴豆花已经静静地躺在地上,死亡笼罩着她,但是她的脸却很安详,没有丝毫恐惧的痕迹,仿佛她只是睡着了,轻轻的呼叫就可以把她唤醒。

"这孩子真可怜呀,"人们说,"如果她能够说话,怎么可能没有人来救她呢?"

而我再帮不上她了,谁也帮不上她了,那就让她一个人静静地待一会儿吧。

那一年,竹溪河出奇地苍老,流速一慢再慢,终于断流了。

心爱的桃子

梅　寒

　　赵好女喂完鸡,眼看着天阴了,一团乌云像块旧抹布一样,从东边飘移过来,巧巧地遮在太阳上,阳光就被擦抹得灰扑扑的,看上去既衰弱又绵软。她从屋门后拽了个布袋子,去沟里了。

　　上沟下沟,有一条土路。土路到桃林远,她没有走那条土路。她从沟梁上的树林子里绕着走。地上长满了刺藜、野酸枣、枸杞藤,像是密谋见不得人的事般纠缠在一起。她也不管高枝低杈,一路猫着腰,急匆匆地在树枝下钻。树枝把头发钩扯散了,她顾不上理顺。树枝子硬撅撅地划在脸上胳膊上,火辣辣地疼,她也没有理会。她径直往西北角的那棵桃树奔去。

　　她去摘桃子。

　　刚下沟沿,起风了,雨点啪啪地砸了下来。雨点子大且急,树叶被击打得嘭嘭响。她把布袋子顶在头顶,心想:这么大的雨,用不了一会儿,那几颗桃子就会被打烂吧。她的脚下更急了。

　　雨呢,似乎是跟赵好女作对,越发大了,也密了,噼里啪啦地响。转眼,她从头到脚就湿透了,鞋子裹满了泥巴,走一步,鞋里的水咕叽响一声。

　　透过雨雾,赵好女看到沟崖边那棵桃树时,满脸雨水的她笑了。

　　自六月桃熟以来,国柱就带人来摘,摘了好几茬,但赵好女还是在这棵

树上剩下了几颗桃,是给女儿剩下的。女儿喜欢这棵桃树。女儿说,这棵树上的桃子最好吃。可是她再喜欢,也不能把一树桃都给她留下吧。沟是国柱承包的,树也是人家国柱的。赵好女在雨里泥水里蹦了几下,把树上的桃子摘干净。摘完,她没有走,站在雨地里,看着桃树,想起了女儿。

"妈,东枝上的那颗桃红了。"

"妈,你吃一口,可甜哩。"

"妈,这棵桃树是我的,对吧?"

桃子润白红嫩,女儿的脸也润白红嫩。转眼,好几年过去了。赵好女抹了把脸,把布袋子挂在脖子上,往回走。

雨已经下了一会儿了,林子里的地面湿乎乎的,像是发酵了的面样一样暄腾。一脚下去,就是一个泥水坑,等脚提上来时,鞋子上就沾满了泥,鞋壳里也灌满了泥水。走一步,要费好大劲儿。雨水落到了眼里,眼蚀得睁不开。赵好女抬手擦眼睛的时候,脚下一滑,摔倒在一片水洼里。就在她倒下去的一瞬间,她紧紧地抱住了胸前装桃子的袋子。可不能把桃子给摔坏了啊。

她爬起来,右脚脖子疼得像断了一样。她抬脚要走时,左脚也疼开了。她撇着嘴咝咝地吸凉气,托着胸前的袋子,坐在雨地里,脱下鞋子,见右脚后跟蹭掉了一片皮,惨白的肉上渗出了一片血。她抬眼看了下四周,满眼的茫然和沮丧,很无奈。她咬咬牙,把鞋子挑脚尖上,心想:这点小伤就想把老娘

放倒？她没有去想另一只脚脖子还在钻心地疼着。她不让自己被疼痛打趴下。

赵好女挣扎着站起来，抱住树干，慢慢地抬起左脚，脚尖轻轻踮着，试着把身体的重量压到左腿上，右腿迅速迈出一步。右脚刚碰触到地面，左脚就跟了出去……雨地里，她就这样艰难地从一棵树挪到另一棵树。每扶到一棵树，像是要把两只脚上的疼痛给呼出去一般，她嘴里呼出一口气，靠着树，把脸上的雨水抹一把，又往前挪。挪一步，胸前的袋子也跟着甩动一下，脖子就跟着疼一下，好像袋子里装的不是桃子，是石头，磕打着她的胸，扯拽着她的脖子。她低头看了眼袋子，想把袋子像学生娃背书包一样斜挎在身侧，可带子太短了。她责骂自己笨，把带子做得这么短。她想把桃子放到树下，等雨停了，再来拿。转眼她就打消了这个念头。这么好的桃子，放到雨地里，雨一泡，能好吃？再说了，这么大的雨，叫雨水冲走了咋办？

袋子仍沉沉地挂在她的脖子上。

快到山顶时，雨还下得哗哗啦啦的。赵好女像泥人一样跌跌撞撞地回到了窑里，把桃子一个一个小心地捡到盆子里，摆在桌上的相片前——她女儿的相片。看一眼红润鲜嫩的桃子，再看一眼女儿，赵好女说："就剩这几个了，你尝尝，以后，怕没有了，国柱说沟里要建个厂子，要把树都伐掉。"顿了顿，她又说："这么好的桃树，要伐掉。"

柳小冉

赵明宇

柳小冉姊妹多,她排行老大,爹和娘去田里劳作,常常把她留在家里做饭,带着弟弟妹妹玩。

爹爱抽烟,爱喝酒,还爱打牌。爹喝醉了或者输了钱,回到家就打娘,打一巴掌,踢一脚,娘也不吭,默默忍受。

这一回,爹打娘打得很凶,骑在娘身上,揪着头发,用鞋底子打。娘受不了,杀猪一样号叫。柳小冉丢下弟弟妹妹,转身抓起擀面杖,朝着爹的头上打过去,爹就倒下了。

柳小冉手一抖,擀面杖落在地上。柳小冉不知所措,没想到平日里很凶的爹这么不经打。娘也惊呆了,好一阵子才缓过神来,也顾不得疼了,疯了一样跑到院子里,扯着嗓子喊:"打死人了,打死人了!"

哪能这么容易就死人呢。爹慢慢爬起来,眼冒金星地在屋里转圈儿。柳小冉心说:爹非把自己打死不可。她做好了死的准备,宁愿去死,也不想再看爹打娘了。柳小冉的脖子一梗,像是临危不惧慷慨赴死的刘胡兰,站在爹面前,看着失魂落魄的爹。

可是,爹没打她。爹用一只手摸着后脑勺说:"小妮子,下手够狠的啊。"

柳小冉说:"以后不许你打我娘。"

爹愣了一阵子，龇牙咧嘴地出去了。

冬天没事做，爹手痒，又出去赌博。有一次输了钱，半夜里回家拿东西做抵押，被柳小冉拦住了，说："你不能出去，你不能再去赌博了。"

爹瞪了眼说："你不要以为我怕你了，小妮子半夜不睡觉，教训起老子来了。"

"你干正经事儿可以，赌博就不行。"柳小冉说。

"嘿嘿，妮儿，爹赢了钱回来分给你一份儿。"

柳小冉说："从古到今，谁是靠着赌博发家致富的？"

爹无话可说，就笑笑回房睡觉去了。

过一阵子，爹悄悄起来，摸黑出来，想跳墙出去赌博。刚靠近墙头就看见黑暗中站着一个人，是柳小冉。爹向墙上爬，被柳小冉拽住腿拉了下来。爹这一回真的发火了："你个小妮子，疯了你了！"柳小冉却不示弱，大声说："就是疯了！就是不让你赌博！你敢去，我就去派出所举报你，反正不能眼看着咱这个家被你败坏了。"

爹一听，乖乖回屋里了。爹曾经被派出所抓过，罚了几千块钱。

可是总不能时时刻刻跟着爹吧，时不时地，爹找个机会还是去赌场。柳小冉听人说爹借钱了，就挨家挨户跟人说，不要借给我爹钱了，你们总不能眼看着我爹把这个家都输光吧。

断了爹的财路，爹心里窝火。柳小冉就让爹去打工，好赖每天能挣百十块钱呢。爹说："这个家靠我支撑着呢，我一走就散了架。"

柳小冉说："你不出去打工，我去。"

柳小冉跟着镇上的一个篾匠学编筐编篓，学会了就自己干，让爹拿到集市上卖。爹倒是很高兴，可是回到家醉醺醺的。柳小冉问："卖的钱呢？"爹指着肚子说："装这里面了。"

爹打着酒嗝儿说："男人不喝酒，白在世上走。"

柳小冉不说话，到小卖部买回来两瓶酒，和爹对着喝。她先倒了一大碗,一仰脖子喝干了,然后给爹倒了一大碗。爹被吓了一大跳,说:"小妮子咋喝起酒来了?"

她又倒了一碗,喝了,把碗在桌子上一蹲,说:"酒是粮食精,谁喝谁发蒙;精人能喝傻,傻人喝不精。喝吧,早晚把身体喝坏。"

见爹还在发呆,她又拿出一副骰子说:"你看这是啥?"

爹眼前一亮说:"这是爹的命。"

柳小冉说:"你不是喜欢赌博吗?今天咱俩赌一回。如果你输了,以后永远不要再赌了。如果我输了,打工挣的钱全给你。"

结果爹输了。爹不服气,小妮子,能耐了!

再赌,还是输。

爹嘿嘿笑:"告诉我,你是咋赢的?"

柳小冉也笑笑说:"保密。"

说完,柳小冉脚下像是踩着棉花,倒在床上大睡了一天一夜。爹吓坏了,守在她身边说:"柳小冉,柳小冉,你醒醒,我不赌博了,也不喝酒了,安安生生在家里做篾匠。"

过日子

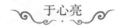

于心亮

　　我妈和我爸相亲的时候，我姥爷、姥姥、大姨、二姨、小舅都不同意，说一个穷教学的，一天赚不了几个工分，跟着他享不了福，以后尽等着受穷吧！但我大舅跟我爸聊了一会儿，就去一旁悄悄跟我妈说："我觉得这人有文化，将来过日子行。"我妈说："我听大哥的！"

　　我爸是老三届，高中毕业在生产队先是当技术员，再是干会计，最终去村里做了民办老师。我爸和我妈结婚后过了几年，国家恢复了高考，我爸信心百倍要参加。我姥姥和大姨、二姨暗地里就劝我妈，不要让我爸去，说："他要是考上了，眼眉高了，还不当陈世美啊？"

　　我妈又去问大舅。大舅说："这是好事啊，不去考，你将来怎么跟着享福？"

　　为这两件事儿，我姥爷、姥姥、大姨、二姨、小舅都挺生我大舅的气，说："他没安好心，成心是把亲妹妹往火坑里推。"我大舅木着脸，懒得解释，在一旁默不作声。

　　我爸考上了烟台师专，人一走，家里顿时就觉出恓惶来。我妈拉扯着我和妹妹，白天去生产队干活儿挣工分，夜黑里就着油灯做手工，日子过得很是艰难。好几次我瞅见我妈偷着抹眼泪，我跟着哭，我妹也跟着哭。

那时我经常带着妹妹串亲戚，去大姨家、去二姨家、去小舅家……大姨二姨小舅总是嘴里数落我妈和我爸，手里却给我们好吃的。每次回来，我们都提着大包小包的东西。

表兄妹却很少来我家。即使来，也是放下东西就走，从不在我们家吃饭。

有一次大舅家的表哥来了，被我妈拽住没能走，吃上了香喷喷的葱油饼！

表哥回家后，就挨了我大舅一顿狠揍："你三姑家那么艰难，你还留下吃饭，我怎么嘱咐你的！"这事儿被我妈知道后，放声痛哭了一场。

我妈很少让我和妹妹去大舅家。我大舅妈死得早，大舅一人拉扯我表哥过日子。

我妈倘若回娘家，总是去我大舅家，屋里屋外收拾老半天。我大舅坐也不是，站也不是，只会一个劲儿地跟我妈说："甭忙活了，等我抽空自己收拾一下就行啦！"

每次离开大舅家，我妈总是趁大舅不留意，抽身就走。后来我大舅提着一小篮豆角追上来，兄妹俩在村外推来让去老半天，我才弄明白是怎么一回事。

倘若我爸在家，我妈回娘家一定会叫上他。我爸毕业后分配到小纪四中，离家四十多公里路，周末回家就想帮家里干活儿。但我妈偏就不肯，要我爸陪她喜气洋洋地回娘家。

那时候老师待遇低，每回发了工资，我爸留出一丁点儿生活费，其余全都交给我妈。有一回我爸交工资少了，他低声下气地跟我妈解释："班里一个学生交不起学费要退学，他学习可好了，我实在舍不得……"

因此说来，我爸虽然成了吃公粮的人，但我家的日子并不见得有多好。我妈该做手工还做手工，该抠鸡屁股还抠鸡屁股，该去庄稼地干活儿还去庄稼地干活儿……有一回过年我妈兄妹几个凑在一起，我妈被数落得忍不住

大哭:"旁人笑话我就罢了,你们怎么还笑话我?"

我妈哭的时候,我大舅带着我去村外干涸的池塘,从土里挖出了好多蛰伏的泥鳅和黄鳝。我和大舅抬着满满一篓子的泥鳅和黄鳝,欢天喜地回去了……隔了这么些年,挖泥鳅的快乐再怎么记忆深刻,也比不过那天我妈掉的眼泪,每一颗每一滴都重重地砸在我的心里!

我十六岁那年,我爸凭着努力,把我们的户口都带出来了,并且还住上了公家房。离村的时候,我妈坐在拉物件的大卡车上朝送行的街坊和亲戚们挥着手,用恨不能让全世界都听到的声音喊:"别送了,别送了,等过年靠节儿,我还会回来看你们的!"

可一出了村口,我妈就俯下身子呜呜哭了起来!

事实上,我家虽然"农转非",但日子过得还是很紧巴,我妈除了在校办工厂打工,还养着长毛兔,一分钱恨不得掰成两半花,一点儿一点儿积攒着过日子。后来我参加了工作,以为日子能好过点儿,可又赶上住房改革。我现在住的房子,建筑面积 97.258 平方米,总共是 53419.9 元。为这笔钱,我妈和我爸又回到老家跟我的大姨、二姨、大舅、小舅借钱。

那是 1996 年。借的钱,我爸和我妈四年后才还上。

我和妹妹成家立业后,没有什么负累,日子才慢慢好过起来。俗话说,苦日子长,好日子短。也的确是这样,这几年日子好过了,但感觉眨巴眼的工夫,我爸和我妈就老了。逢年过节回农村,我妈跟兄弟姐妹们团聚,我的大姨、二姨和舅舅们就很羡慕我妈,说我妈当初有眼光。

我妈就说:"什么眼光不眼光的,都是过日子。"

女教师

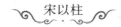

宋以柱

到了下河洗澡的季节,汛期还没来,没有被水冲走的危险,老师就带我们去沂河。都还是一二年级的孩子,没什么顾忌,男男女女光溜溜的,往河水里冲。水很清,小鱼、小虾多的是,有人撅着屁股去捉。这时候的螃蟹多是在岸边的淤泥里,你要仔细找,如果发现一个洞,把手伸进云,或许会掏出一只或大或小的螃蟹,无奈地吐白沫。也有危险,就是被它夹住手指。还有更大的危险,或许有一条水蛇,正和你的小手碰了个头。有人不怕,比如以家,咋咋呼呼的,挨个去掏洞,偶尔故意大声喊叫,把女同学吓得大声喊叫着散开去,又聚拢来,围着他,慢慢往前赶。

以家有时候故意赶她们,说:"走,走,女的别跟着我。"很安静的男孩,就躺在浅水里,让水流缓缓地从身上淌过,或者掬一把沙,放在前胸、小腹,再缓缓躺下去,让水缓缓地冲走。

更闹的,就是打水仗的,有男有女,大部分是男一伙,女一伙。男生一阵喊,把女同学赶得远远的,站在远处往这儿看。也有不怕老师的,几个人一商量,一齐向老师开火。老师也是一个村的,大多是同姓,学生们喊老师哥的、爷的,都有,那是按辈分。比如以前,就爱撺掇别人向老师开火,小小的孩子就知道说:"老师咋了? 也是人,怕他们干吗? 开火!"老师们都穿着短

裤,个大,手掌也大,根本不在乎,几把水扇过去,孩子们就稀里哗啦乱窜,像一群小蝌蚪,被人指着后背,笑得出不来气。

　　读小学时,只有一位女老师,高中毕业后来教我们。也是本村的,很漂亮,她爷是大队支书。有人说,是把另一位老师赶走,她才来的。长大后得知,种种说法都不对,是镇上组织了考试,选择了优秀的。她似乎与其他老师格格不入,他们凑钱喝酒,她也不去。到河里洗澡,有大点的孩子问:那个女宋老师不去吗?引来一阵大笑。有老师就边笑边说:"你去问问她。"感觉老师们都歧视她。

　　长大了,再回味一下,那是嫉妒。嫉妒什么?嫉妒她有高中学历。因为其他老师都是高小毕业,好点的也就读了两年初中而已。女宋老师模样俊,人很安静,静静地来,静静地去。早读的时候,也挑一副水桶,放了早学,担水回家。但她挑空桶,也没有声音,如同她一样安静,不像其他老师,水桶来回晃,吱扭扭,吱扭扭,到了教室门口一放,再推开门扫一眼哇哇读书的我们,回办公室了。女宋老师放水桶很轻,所以我们该说笑的说笑,该打闹的打闹,直到她脸色红红地进来,才像被蝎子蜇了一样,窜回座位。她并不生气,让我们读书,上课就要挨个背诵,于是响起一片读书声。她自己也拿出一本书边读边来回走动。一两个偷笑的学生,被她用书页扫一下脑袋。她人长得俊,声音也好听,我们的语文学得都不错。背书多,作文也写得很长。

中午时,我们在院子里疯,女宋老师照样要午休,趴在办公桌上睡。

下午放学,老师们都走了,很多孩子还在校园里玩。女宋老师并不走,找个树荫,安安静静地看她的书。我常常在她周围溜达。看到我,女宋老师就笑一笑,说一声:"写作业去。"回屋搬出她的椅子,有一个很宽大的面,再给我一个小凳子,椅面当桌子,一会儿写一大张纸。那时,夕阳正红。

女宋老师只教了我们一年,就考学走了,她考上了市里的师范学校。那一年,我已经读三年级,我听说从师范学校毕业的人还会当老师。走出校门,回望一眼山尖上的夕阳,我想:她还会教我们吗?

按辈分我该叫她姐,但我一直叫她老师。

孤山上的老狼

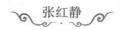

张红静

　　少年上学时要经过一段无人烟的山路。学堂很远，每天他都要早早起来，怀揣娘给他烙的杂面饼子上路。那时，自行车没有普及，学生上学全靠步行。

　　山黑黢黢的，不高也不大，可是传说山上住着一匹老狼。老狼从来没有祸害过人和牲畜，少年不知道狼以什么为生。狼一定很老了，或许每天饮露水吃野果吧。他每次走过这段路都像躲过一场生死劫。他总是担心狼会恢复狼性，忽然站在他的面前。

　　这天，走那段路时，他像以往一样提高了警惕，除了自己的脚步声和天上的星星，路上没有一个人。越是安静就越是害怕，村里小伙伴们都不去很远的镇子读书，可他不同，无论路有多远，人有多孤单，他都要去上学。少年略一分神，忽然觉得自己的肩膀上一左一右搭了双毛茸茸的脚掌。少年吓得汗毛都竖起来了。他用眼角的余光看着，想象着狼的大舌头和獠牙，但是他不敢回头，因为他想起了做猎人的叔叔讲过的狼吃人的故事。

　　狼最喜欢一口咬断人的喉咙。狡猾的狼不正面袭击人，总是尾随在人的身后。少年此时如果回头，喉咙正对着狼口。狼便会咬断他的喉咙，将人拖走。

　　少年的心扑通扑通跳得厉害,但仍假装旁若无人地往前走。据说,人有几分怕狼,狼就有几分怕人。狼的前爪就攀着他的肩头,与他前行。少年这时想起怀里的饼子,他真舍不得这一个杂面饼子,但他还是果断地从怀里掏出来,饼子还温热,他使劲往身后扔去。

　　狼放下脚掌,快速向身后奔跑。少年紧走几步,上了大路。此时天已微明,他啊啊呼喊着奔跑起来,以缓解刚才的恐惧。那天晚上,少年饿着肚子回家,怕娘担心,他不敢跟母亲说起狼的事情,只是让母亲第二天做两个饼子。

　　母亲有些迟疑,这样灾荒的年月,家里的粮食越来越少,没办法,她掺上更多的菜,拌上杂面。娘心里想着孩子长身体了,是该加一些饭了,可是粮食从哪里来呢?她打算天亮后再找份活儿。

　　就这样,少年每天一早都要给狼一个饼。渐渐地,少年不再怕狼,他与狼之间仿佛有了一种默契,不去上学的日子,他会担心那匹狼挨饿。

　　少年的叔叔背来半袋子粮食。娘说:"孩子饭量一下子长了,中午要吃两个大饼子。"叔叔说:"他这个大人才吃一个饼子哩,那个饼子,是不是给哪个女孩子吃了?"叔叔悄悄问少年,听少年说了途中的经历。叔叔大惊,果然有这样的狼吗? 他可不能让自己的侄儿冒那样大的风险。第二天一早,他穿好棉大衣,藏起猎枪,独自走在那条路上。这一天,少年没有上学,狼仍然在路口焦急地等待少年的出现。

　　叔叔来了,他走得沉稳和干练。忽然,他以猎人的敏锐感觉到了背后的生灵。他没有习惯性地转身举枪,而是等待那匹狼的脚掌攀上他的肩膀。少年讲述的经历他似信非信。果然,待身后的狼走到他背后,他感觉到两只毛茸茸的东西搭在肩上。

　　他依然没有拿枪,而是与少年一样拿出饼子扔得很远。所不同的是,他扔到了前方大路的路口。狼饿极了,奔上前去。猎人此时举枪,正击中狼结实的后腿。

　　这是一匹高大的狼,它忽然站起来,疯狂地向山上跑去,一路流着殷红的鲜血。狼走了几步又折返回来,将地上的饼子捡起放到口袋里。

　　猎人吹了吹枪口,冷冷地说:"一点儿皮外伤! 不好好做人,偏要披着狼皮干这点儿营生! 我寡嫂母子二人不容易,兄弟,你就放过他们娘儿俩吧!"

练习死亡

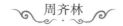
周齐林

　　我兴奋地把五斤香蕉放到祖父手里,祖父缓缓地接过,半眯着眼睛,便躬着身子往云庄深处走去。我有点沮丧,祖父怎么不拿一个香蕉给我吃,这一点儿也不像他的风格。以往祖父有什么都会留一点儿给我,即使是庄里人分给他的半个红薯,他也会留给我。

　　那段时间,是属于祖父和我的世界,我们自由而快乐地生活着。父亲和母亲为了早日完成他们的房子梦,叮嘱了祖父几句,便远离云庄,去外面淘金了。我通常一回来就扔下书包,和我那帮伙伴在田野里打泥巴仗,直至祖父在门前扯着嗓子大声吆喝"吃饭"时,才恋恋不舍地往家赶。吃完晚饭,把饭碗一推,我又出去了。祖父朝我一笑,说了声早点儿回,就继续喝手中的那半碗烧酒。

　　我在幽暗的屋子里发了会儿呆,转身又去菜园里摘了根黄瓜。当我大口大口地嚼着黄瓜,有点儿赌气地冲着西落的太阳发呆时,祖父却又出现在那条狭窄的小路上,只是他手中那一袋香蕉已不见踪影。见祖父的步子近了,我又赌气地跑进屋去。我在屋子里待了许久,却迟迟等不到祖父的敲门声。我又跑出去,见祖父抱着一个大西瓜进来了。祖父朝我微微一笑,眼神很快黯淡下来。我用小刀在西瓜身上掏出一个洞,用勺子舀出一勺瓜瓤递

给祖父。祖父摆了摆手，说不要。以往吃西瓜，祖父都孩子似的跟我抢着吃。

祖父到底怎么了？我学着祖父的模样在黑暗里发了好久的呆，依然不知道为什么，后来实在憋不住，我偷偷跑出去找胖子玩。在山前那片因黄昏降临而渐显软绵的田地里，我冲着那扇半掩的显得有点儿空洞黑沉的大门叫了好几声，胖子终于晃着身子出来了。

胖子嘴里塞满了东西，说起话来打呼噜似的。"你个家伙，吃香蕉也不留个给我。"我边说边搜了搜胖子的四个口袋，两个香蕉俘虏似的很快出现在我眼前。我问胖子这香蕉哪里来的。他家这么穷怎么买得起这么贵的东西。胖子说他也不知道。每天从学校回来他爷爷的床头柜上就摆着好多苹果香蕉什么的。胖子吃完用袖管擦了擦嘴巴，然后傻傻地望着我，问我今天有什么活动。胖子的话忽然让我心底一亮。"胖子，你爷爷怎么了？我看你这香蕉是我祖父送给你们的，有那么一袋，是吧？"我边说边做手势。胖子说他爷爷病了，整天躺在床上唉声叹气的，每天总有那么多人提着水果来看望他。

那晚胖子和我没有像往常那样在满是稻草垛的田地里玩耍，在昏暗的灯光下，我紧跟在胖子的屁股后面，来到他爷爷的床前。洁白的月光透过窗格子花瓣般洒落在胖子他爷爷的床上。胖子凑前望了他爷爷一眼，嘴里又咕哝着把窗户给关上了。出门时，我转身回头，胖子他爷爷微撑起身子，一脸茫然地看了我一眼。胖子他爷爷示意我记得关门。那一眼，仿佛让我看到了无底的黑暗，我身子不由一抖，轻轻关上门，赶紧飞奔出去。

当我重新出现在家门前时，祖父还趴在饭桌上，一脸酒色，仿佛刚刚跟谁吵过一架。

胖子他爷爷做了一辈子的豆腐，现在就像一块即将失去水分的豆腐般躺在硬硬的床板上。我不知道祖父是在为他这个交往了几十年的老朋友的卧病在床黯然神伤，还是因为别的什么。祖父比胖子他爷爷大几岁，胖子他爷爷经常张着黑洞洞的嘴巴朝祖父喊侣老。秋闲的时候,他们一个炒一碗香脆的豆子,一个提一壶封了十多年的老酒,在云庄深处那棵属于他们的桂花树下慢慢喝。不喝酒时就在黄毛狗的带领下,一起走向荒芜深处。

我想说点儿什么,最终还是看了祖父一眼就进屋了。我躺在干燥的床板上,睡在月光里,夜风不时吹在脸上。

在微凉的夜风里,我很快沉入梦底,而祖父的身影在昏黄的灯光下也逐渐变得闪烁迷离起来。午夜醒来时,弄堂里的那盏灯灭了,我翻转身子,却闻不到祖父那熟悉的烟草味儿。我一骨碌从床上爬起来,找遍了每个屋子依旧不见祖父的影子,又光着身子打开每个房间的灯,夜风从窗外吹在身上,我不由一颤。站在弄堂中央,望着窗外无边的夜色,胖子他爷爷那别样的眼神立刻浮现在我眼前,我忽然感到一阵惶恐,禁不住大声哭泣起来。仿佛寻找救命稻草般,我大声呼唤着祖父,渴望他能突然出现在我面前。

"林子,别哭,爷爷在这里呢!"我忽然听到闷声闷气的声音从后屋传过来。我迅速跑过去,眼神惶恐地掠过每个角落,正当我转身欲走时,咔嚓一声,仿佛什么东西撕裂了一般,祖父突然从暗黑色的棺木里爬了出来。我被祖父的模样吓得飞奔而出。

那晚以后,祖父便不再跟我一起睡了。我始终不知道为什么。我哭着对祖父说我一个人睡会害怕,祖父却摸了摸我的头意味深长地对我说:"要学会一个人安心睡觉,路还长着呢。"祖父说完,我又接着问他:"为什么要突然睡那里,是因为胖子他爷爷吗?"祖父沉默了一会儿,说这全是为了他自己。"那你害怕吗?"祖父听了我这个问题,紧捏旱烟的那只右手忽然颤抖了一下。祖父望着天边的晚霞,很安静地说:"刚开始有点儿怕,习惯了就没什么了。"

天气这么热,祖父便把后屋的门开着,夜风蛇一般游走在人的皮肤上,让人感到一股难得的清凉。祖父躺在棺木里,时而有烟火在屋子的半空中一明一灭,我知道祖父在那里抽旱烟。祖父抽完旱烟就不再和窗户上的我

说话,安静地睡去了。

　　我以为祖父会一直这样地睡下去。几个月后,当寒风刮起,父亲和母亲扛着沉重的行李袋一脸喜悦地出现在家门前时,祖父的那个念头就灭了。

　　次日,我悄悄问祖父为什么不在那儿睡了,祖父说他现在在哪儿睡都一样,拜佛未必一定要在庙里。许多年后我重新回味这句话,心底不由暗暗佩服祖父。